Katharina Puls

Katharina Blitz
Tiger in Not

Katharina Puls

Katharina Blitz
Tiger in Not

Roman

Mit Illustrationen von Franziska Puls

Bibliografische Information der Deutschen Nationalbibliothek:
Die Deutsche Nationalbibliothek verzeichnet diese Publika-
tion in der Deutschen Nationalbibliografie; detaillierte bibliografische Daten sind im Internet über http://dnb.dnb.de ab-
rufbar.

Illustrationen: Franziska Puls
Lektorat: Angelika und Reiner Puls
Herstellung und Verlag: BoD – Books on Demand, Nor-
derstedt
ISBN: 978-3-7519-5230-9

Für Elisabeth Döring

Inhalt

PROLOG

Sie schrie. Sie rannte. Doch der Zauberer richtete mit einem hämischen Lachen seinen Zauberstab auf sie. Sie brach zusammen.

Als sie aufwachte, wusste sie nichts mehr von alldem. Sie rappelte sich auf und merkte schnell, dass sie in einem Gefängnis war, denn es reihten sich bestimmt über fünfzig Gitterstäbe um sie herum auf. Sie setze sich hin und bemerkte etwas Hartes. Es war lang und schmal, mit einem kleinen Griff an einem Ende. Es fühlte sich warm in ihrer Hand an, als würde es ein Eigenleben führen. Es war ein Zauberstab! Sie konnte zaubern! Sie war eine Hexe. Plötzlich hörte sie ein Fauchen. Es kam von draußen. Sie schaute aus dem Fenster und sah die Wildnis. In der Wildnis war eine Tigergruppe zu sehen, mit hoch erhobenen Köpfen und peitschenden Schwänzen. Plötzlich kam ihr der Gedanke, dass die Tiger es schuld wären, dass sie hier im Gefängnis saß. Sie wurde wütend und ließ den Knast in sich zusammenfallen. Sie zauberte eine böse Schar Drachen mit einer bösen Schar Reiter und zauberte auch sich selbst einen Drachen. Sie rief den Tigern zu: „Wir sehen uns bald wieder!", und verschwand in der Dunkelheit.

1. EIN NEUES ZUHAUSE

„Willst du es wirklich tun?"

„Ja. Sie ist die stärkste von uns!"

Es hämmerte dröhnend und Professor Donner musste laut dagegen ansprechen und die Ohren spitzen, um Mrs. Sunschein zu verstehen.

„Wohin wird sie denn gebracht?", fragte diese, neugierig auf die Antwort, die sie nun bekommen würde, denn sie hatte schon sehr lange auf diesen Moment warten müssen.

„Zu den Crabbens!", meinte Professor Donner fest. Er hatte es lange überlegt und war sich nun sicher, dass dies die richtige Entscheidung war.

„Was? Das kannst du doch nicht tun!", schrie sie entsetzt, denn das hatte sie wirklich nicht erwartet.

„Doch. Das ist die einzige Möglichkeit.", rief er gegen das laute Krachen an. Er hatte gewusst, dass Mrs. Sunschein dagegen protestieren würde. Aber er musste sie überzeugen. Und er würde es auch schaffen. Das wusste er.

„Bitte nicht zu ihnen! Sie sind doch so grausam!", flehte Mrs. Sunschein.

„Wir müssen sie wegbringen, das weißt du. Und ich erwähnte doch schon, dass die Crabbens die einzige Möglichkeit für eine Situation wie diese sind!", erklärte Professor Donner ausholend, auch wenn es nicht seine Art war.

„Na gut. Aber nur, wenn sie bald wieder da wegkommt." Das Krachen und Hämmern hörten mit einem Ruck auf und die Maschine kam zum Stillstand. Professor Donner und Mrs. Sunschein drehten sich um und musterten den Platz, wo nun ein süßes kleines Mädchen zusammengerollt schlief. Es lag auf einem Rollband, welches aus dem Inneren der Maschine führte. An der Seite der Maschine befand sich eine schwarze Scheibe mit vielen Knöpfen und Hebeln und vorne war eine Ablagefläche, in die man jemanden hereinlegen konnte.

„Wer bringt sie denn?", fragte Mrs. Sunschein, während sie es behutsam in ein extra weiches Lederbündel rollte. Diese Frage hatte ihr schon ziemlich lange auf der Zunge gelegen und nun konnte sie es endlich erfragen.

„Ich persönlich!", sagte Professor Donner stolz und reckte den Kopf hoch, obwohl dies gar nicht seine Art war, denn er war so ziemlich die Ruhe selbst. Doch Mrs. Sunschein ließ beinahe das Lederbündel fallen.

„A-aber d-d-das-das können s-ss-sie d-doch nicht machen, so auffällig wie sie sind und das müssten sie doch wissen", stotterte sie. Das war nun wirklich zu viel für sie. Erst zu den Crabbens und jetzt wollte er das Kind auch noch höchstpersönlich zu ihnen bringen! Das ging ja gar nicht!

„Ja, ja, deshalb werde ich es ja auch nachts tun!", sagte Professor Donner, nahm ihr das Lederbündel ab, schrieb eilig einen Brief und lief nach draußen, denn es fing bereits an zu dämmern.

Im Maiersweg war es stockdunkel. Nur ein paar alte und kleine Laternen leuchteten. Alle schliefen. Nur ein Lebewesen war wach. Es war still. Man hörte nur von Zeit zu Zeit ein leises Knacken, wenn Professor Donner auf einen Zweig trat. Er war schon lange gegangen und endlich blieb er stehen, denn er hatte die Hausnummer 87, wo die Crabbens wohnten, endlich gefunden. Vorsichtig holte er das Lederbündel heraus.

Dann ging er langsam auf das Haus zu. Vor der Tür blieb er stehen. Traurig und behutsam legte er das Lederbündel mit dem armen nichtsahnenden Kind darin vor die Haustür des großen Hauses der Crabbens und flüsterte schniefend: „Viel Glück, Katharina!".

Langsam legte er den Brief neben das kleine Bündel und drehte sich um. Dann verschwand er mit schnellen Schritten. Man hörte nur sein leises Schluchzen in der kühlen Nachtluft.

2. DIE CRABBENS

Neun Jahre später war Katharina immer noch bei den Crabbens. Es war schrecklich!

Die Crabbens ignorierten Katharina vollständig. Auf jeden Fall fast. Jeden Tag arbeitet sie viel, ohne dafür belohnt zu werden, im Gegensatz zu den anderen sechs Kindern in dieser Familie, denn wenn diese auch nur EINE dreckige Socke in den Keller zum Wäschehaufen räumten, bekamen sie mehrere Tafeln Schokolade. Aber sie merkte es kaum, denn sie überlegte immer, was mit ihren anscheinend verunglückten Eltern sei und warum sie hier abgesetzt worden war. Natürlich hatte sie gefragt, aber Mrs. Crabbens hatte nur gesagt: „Sie sind ertrunken. Und wehe du fragst noch etwas." Tja, das war die erste Regel gewesen. Aber sie glaubte es eh nicht. Sie guckte auf den Kalender, der an ihre Tür gehängt worden war, und stöhnte auf. Es war das letzte Wochenende der Ferien. Montag würde die Schule beginnen. Sie war zwar nicht schlecht, aber es geschah immer etwas Seltsames um sie herum. Zum Beispiel einmal, als sie in der Klasse das Thema 'Tiger' hatten, fühlte sie sich so unwohl und plötzlich waren alle kreischend weggerannt. Danach hatte sie wochenlang Hausarrest bekommen und sie hatte keine Ahnung, warum sie angeblich schuld war. Vielleicht, weil sie nicht mitgerannt war.

Die Crabbens waren anders verglichen mit den übrigen Familien im Maiersweg. Aber sie meinten, sie wären die normalsten Menschen der Welt. Gweni war ein großer, schlanker Junge und hatte einen sehr kurzen Nacken, genauso wie Mr. Crabbens. Allerdings war der recht klein. Mrs. Crabbens war ein wenig, na ja, etwas oder besser noch sehr pummelig, obwohl sie dies strengstens leugnete. Und sie war sehr groß, was man sich bei ihrer Dicklichkeit wohl kaum vorstellen konnte. Sie fand, dass Gweni wie ein Engelchen ohne Flügel sei. Mr.

Crabbens meinte, Gweni wäre der beste Muckimann der Welt; abgesehen von Mr. Crabbens natürlich! Katharina fand, man könne ihn eher mit einer Satnge SPARGEL verwechseln! Aber das sagte sie natürlich nicht laut. Dann gab es noch Isabell. Sie war sehr frech. Aber da Katharina für sie ja sowieso Luft war, blieb sie verschont vor Isabells Frechheiten. Etwas jünger waren die beiden Zwillinge Sahra und Tara, die vier Jahre alt waren und sogar spielten, dass sie durch Katharina hindurchrennen könnten, was immer wieder dazu führte, dass sie hinfiel. Der älteste von ihnen war Jac, der schon eine Freundin hatte und einen eigenen Job. Als letzten im Bunde gab es noch den Jungen Nils, der als einziger öfter auch mal mit Katharina sprach, was sie toll fand, wofür der Arme aber manchmal sogar eine Tracht Prügel erhielt.

Oh nein! Plötzlich merkte sie, dass Gweni ja morgen Geburtstag hatte!

Na ja, jetzt war ja noch eine Nacht dazwischen...

Am nächsten Morgen wurde Katharina von einem Rütteln an ihrer Tür geweckt. "Aufstehen! Aufstehen! Ich habe Geburtstag!", dröhnte es von draußen. Erstaunt stand sie auf, denn es kam selten vor, dass sie von den Anderen geweckt wurde, da sie von ihnen ja sonst immer ignoriert wurde. Sie reckte und streckte sich und kam heraus. Gweni war verschwunden. Sie zog sich rasch an und ging in die Küche. Dort waren Würstchen in der Pfanne, die sie schnell briet.

"Jippy, das sind ja 54 Geschenke! Das letzte Mal waren es zwar 57, aber nachdem Papimatzi mir das letzte Mal gedroht hat, mir das nächste Mal gar keine zu kaufen, weil ich die letzten sieben weggeschmissen habe, da diese urblöd waren, freue ich mich nun umso mehr!", schrie Gweni.

Katharina schmunzelte, nahm die Würste aus der Pfanne und verteilte sie an die neun. Isabell bekam das meiste, sie das wenigste und die anderen fast so viel wie Isabell. Nachdem sie aufgegessen und die Crabbens darüber gestritten hatten, ob man Würstchen mit Fingern oder mit der Gabel essen solle, ging es zum See neben dem Tierpark, wo sie Schwäne beobachteten, die auf dem Wasser umher glitten. Enten schnatterten und stritten sich um die Brotkrümel, die ihnen von lachenden Kindern zugeworfen wurden. Familien picknickten und Freunde spazierten am Ufer entlang. Einige zogen sich Badeanzüge an und warfen sich in das spritzende Wasser. Alles wirkte friedlich und Katharina hätte den Ausflug sogar genossen, wenn nicht Gweni da gewesen wäre, der es darauf abgesehen hatte, sie zu ärgern.

„Hier sind die Eltern von Katharina gestorben!" rief er immer wieder, ohne sie zu beachten. Er fand es lustig. Nils ermahnte ihn, worauf der nur noch lauter schrie. Sie picknickten oder besser die Crabbens picknickten alleine, da die Luft ja nicht picknicken kann. Nur Nils gab Katharina schnell etwas ab. Sie bedankte sich und aß schnell auf, bevor noch irgendjemand es bemerkte und Nils wieder einmal verprügelte.

Nach einer Weile dröhnte plötzlich eine Stimme aus einem Lautsprecher, der neben ihnen stand: „Achtung,

Achtung! Es ist ein Tiger ausgebrochen! Bitte bringen Sie sich so schnell wie möglich in Sicherheit! Achtung, Achtung!"

Dann gab es ein absolutes Durcheinander: Viele rannten kreischend durch die Gegend, manche trauten sich noch, ihre Sachen zu holen und die Stimme aus dem Lautsprecher wiederholte die Nachricht noch ein paar Mal, bis der Lautsprecher ein Knattern von sich gab und verstummte. Die Crabbens rannten los, ohne Katharina mitzunehmen, nur Nils fragte Mr. Crabbens:

„Was ist mit Katharina?"

„Oh, du schlauer Junge. Darauf wäre ich nie gekommen", antwortete dieser, band Katharina am Lautsprecher fest und sagte: „Wenn der Tiger sie frisst, ist er satt und greift keinen mehr an! So können wir uns in Sicherheit bringen!" Dann rannte er weg, schleifte Nils mit sich und ließ die arme Katharina allein zurück.

Es dauerte nicht lange, da erkannte sie das auffällige Streifenmuster, welches ihr merkwürdig vertraut vorkam. Der Tiger kam immer näher und sie sah angsterfüllt, wie er direkt und ohne Umweg auf sie zu tappte. Doch er schaute nicht aggressiv oder angriffslustig, nein, er guckte sogar mitleidvoll. Oder bildete sie sich das nur ein? Katharina stand wie erstarrt da und wagte nicht sich zu regen. Würde der Tiger sie angreifen? Mittlerweile war es still geworden um den See und Katharina fand sich mit dem Tiger alleine wieder.

Als er vor ihr stand, hätte sie am liebsten lauthals losgeschrien. Doch sie wagte nicht, auch nur das kleinste Geräusch von sich zu geben. Sie war noch nie einem Tiger so nahegekommen. Noch nicht einmal im Tierpark, wo sie sich immer an die Scheibe quetschte. Aber da war es ja auch etwas anderes gewesen. Damals war die Scheibe zwischen ihnen gewesen, jetzt gab es noch nicht einmal eine Scheibe in der Nähe. Katharina versank in seinen tiefen hellbraunen Augen. Sie spürte seinen heißen Atem in ihrem Gesicht, als er reglos vor ihr innehielt. Das helle Fell schmiegte sich glatt an seinen schlanken Körper. In einer geschmeidigen Bewegung glitt er um den Lautsprecher herum und blieb abermals vor Katharina stehen.

Es dauerte ein bisschen, dann machte er das, was sie erwartet hatte, er schnappte nämlich zu. Voller Panik kniff sie die Augen zusammen. Doch sie verspürte keinen Schmerz. Sie hob die Lider und sah, dass er sie losgebissen hatte! Jetzt konnte sie sich befreien und rannte so schnell sie konnte den Crabbens hinterher. Irgendetwas stimmte hier nicht. Sie spürte es sehr stark, der Tiger mochte sie und sie wusste wirklich nicht, warum.

„Pass auf dich auf", hörte sie eine sanfte Stimme. Sie schaute sich um, aber der Tiger war weg.

3. DIE WAHRE GESTALT

Eines Morgens wurde Katharina von einem heftigen und lauten Ton geweckt. Sie drückte wie automatisch auf den Aus-Knopf ihres Weckers. Erst als er ausging, fiel ihr auf, dass es ihr Wecker war, der so laut gepiept hatte, und warum: Schule! Oh weh! Sie stand so schnell wie möglich auf, zog sich an und ging hinunter in die Küche.

Mrs. Crabbens war schon um fünf Uhr aufgestanden und arbeiten gegangen. Genauso Jac, und Isabell wollte am ersten Schultag besonders pünktlich an ihrer Schule auftauchen. Katharina briet die Pilze, die schon in der Pfanne lagen und aß schnell auf. Gweni stritt mit Mr. Crabbens, welcher wollte, dass Gweni seine neue Fliege am ersten Schultag trug. Die Zwillinge kleckerten mit ihrem speziellen Müsli und Niels gab Katharina mit einem kurzen Augenzwinkern noch etwas von seiner Portion ab. Schließlich hatten alle ihr Frühstück beendet und sie stapften hinaus in den Flur.

Sie zogen sich Jacken und Schuhe an und wollten gerade durch die Tür, als es schellte. „Mach die Tür auf!", befahl Mr. Crabbens. Katharina schaute überrascht über die Aufforderung durch das Guckloch, doch im nächsten Augenblick war sie nicht mehr erstaunt, sondern erstarrt. „Mach die Tür auf!", kam es lauter. Gweni schubste Katharina zur Seite und sah ebenso durch das Guckloch. Auch er musste von dem Anblick des Lebewesens, das da vor der Tür stand, erstarren. „Da-d-da-da ist-ein-ein-T-T-Tiger!", entfuhr es ihm. „Was? Na, immerhin sagt er etwas!", meinte Mr. Crabbens zu Katharina gewandt. Trotz, dass sie es nicht gewohnt war, dass die Crabbens mit ihr sprachen, war Katharina nicht erstaunt darüber, denn es hatte gerade schließlich ein Tiger bei ihnen angeschellt. Plötzlich krachte die Tür ein. Der Tiger hatte sich mit aller

Wucht gegen sie gestemmt, weil es ihm zu lange dauerte. Sahra und Tara heulten los.

„Was ist das, Papa?", fragte Nils ängstlich. Aber es gab keine Antwort, denn Mr. Crabbens war genauso erstarrt wie Katharina und Gweni. Schnell blickte der Tiger über die sechs Menschen, bis sein Blick bei Katharina hängen blieb, die ihn angsterfüllt anstarrte. Er trat auf sie zu, sie wich zurück und er fragte: „Warum hast du Angst vor mir? Warte, habt ihr nichts erzählt?"

„N – n - nein.", druckste Mr. Crabbens.

„Wie unverschämt! Also, Katharina, ich habe dir etwas zu sagen. Ich weiß, jetzt wird es schwer, aber du bist ein Tiger!", sagte der Tiger. Katharina wich ruckartig zurück und prallte gegen die Wand. Alles wurde unscharf und ihr wurde schlecht. Das konnte gar nicht sein! Das war doch gar nicht möglich!

„Aber ich bin doch in Menschengestalt!", meinte sie mit zitternder Stimme.

„Ja, aber du wurdest, als du klein warst, in eine Maschine verwandelt. Wir wollten dich schützen, weil deine Eltern gestorben sind", erklärte der Tiger.

„Wieso wollt ihr sie dann zurück?", fragte Mr. Crabbens mit erwartungsvoller Miene.

„Weil wir Hilfe brauchen. Deine Eltern sind in einem Kampf um Leben und Tod gestorben. Ich heiße übrigens Professor Donner", sagte Professor Donner und trat zurück durch die Tür.

„Bitte komm mit mir mit, Katharina. Ich kann dir unterwegs alles erzählen. Wir haben nämlich einen weiten Weg vor uns."

„Und ist mein Vater wirklich ein Held gewesen und hat bis zu seinem Tod gekämpft, sodass ihr in Sicherheit wart?", fragte Katharina.

„Ja, er war stark. Du musst tapfer sein. Bald kommt sie wieder, die böse Hexe. Du musst ihn sozusagen ersetzen", sagte Professor Donner. Katharina konnte das alles gar nicht richtig zuordnen. Sie brauchte Zeit, um dies zu schaffen.

Professor Donner und sie waren lange gelaufen und sie wusste nicht, ob ihre Füße das noch lange aushalten würden. Doch endlich, nach einer gefühlten Ewigkeit, blieb Professor Donner stehen. „Da sind wir. Siehst du diese Maschine? Die wird dich ein letztes Mal verwandeln", meinte er und trat einen Schritt zurück, um Katharina Zeit für ihre Entscheidung zu lassen.

Katharina zögerte lange, dann legte sie sich in die Maschine.

Die ersten Schritte als Tiger waren wackelig. Doch sie fühlte sich das erste Mal im Leben richtig wohl. Sie gewöhnte sich schnell an die andere Gestalt und sie konnten weitergehen.

Als sie an ihrem Ziel ankamen, war es Nacht und sie legten sich direkt schlafen. Katharina konnte nicht viel sehen, denn es lagen überall struppige Tigerpelze. Aber eigentlich wollte sie es auch gar nicht. Es dauerte nicht lange, da waren ihr auch schon die Augen zugefallen. Nach einem so anstrengenden Tag...

Als Katharina aufwachte, konnte sie erst einmal alles richtig in Augenschein nehmen. Es gab eine steinerne Höhle, worin die meisten schliefen, einen großen Platz, auf dem die Jäger ihre Beute lagerten, und wenn man um die Ecke am dicken Baum vorbeiging, war dort ein noch größerer Platz, wo alle zusammen fraßen oder sich versammelten. Katharina sah sich um, ging auf eine Tigergruppe zu und fragte: „Hallo. Ich bin neu hier. Könnt ihr mir vielleicht alles zeigen? Ich heiße Katharina Blitz."

„Ah, du bist die Tochter von dem ‚Berühmten'", sagte einer von ihnen und fügte ironisch hinzu: „Der hat uns ja auch wirklich gerettet. Wir hätten das auch selbst geschafft, ohne dass wir gestorben wären."

Anscheinend war es keine gute Idee gewesen, jemanden zu fragen. Katharina ging schnell weg und hörte sie noch lachend rufen: „Bitte rette uns vor diesen Ungeheuern!"

„Der Anfang ist ganz und gar nicht schön gewesen", dachte Katharina traurig. „Na ja, man braucht ja wohl ein bisschen Zeit, um sich an neue Sachen zu gewöhnen." Katharina lief auf den dicken Baum zu und lehnte sich niedergeschlagen daran.

Nach einer Weile kam ein Junge in ihrem Alter auf sie zu. Sein Fell war strubbelig und unordentlich, aber er hatte hübsche, bernsteinfarbene Augen. Sie waren groß und rund und schauten Katharina neugierig und verspielt an.

„Nanu, dich kenn ich ja gar nicht. Dabei dachte ich, ich würde alle Kinder in meinem Alter kennen", sagte er freundlich.

„Du musst mich auch nicht kennen. Ich bin neu hier", meinte Katharina.

„Oh, das kommt aber selten vor. Wollen wir Freunde sein? Ich habe keine Freunde und heiße Philip Feuer", sagte er sofort und strahlte über das ganze Gesicht.

„Oh, gerne. Ich habe auch keine Freunde und bin Katharina Blitz."

„Ach du meine Güte! Die Tochter von Anton Blitz. Eine wahre Legende. Er hat uns gerettet! Er hat sich geopfert - für uns!", meinte Philip.

„Bin ich so berühmt? Ich war das doch gar nicht", antwortete Katharina verwirrt.

„Nein, aber du hast überlebt. Als deine Mutter mit dir im Maul losgerannt ist, wurde sie von einer Gruppe Reiter aufgehalten. Sie hat dich abgesetzt und gekämpft. Sie wich den Kugeln und Pfeilen geschickt aus, krallte ihre Krallen in das Fleisch der Reiter und verwirrte die Drachen, doch ein Reiter kam von hinten und sie sah die Kugel, die auf sie zuschoss, zu spät. Die Kugel traf sie in den Rücken und sie brach zusammen, vermutlich war sie von einem Augenblick zum nächsten tot. Es war schon überraschend, dass sie so lange durchgehalten hatte, doch jetzt kommt der Hammer: alle wandten sich dir zu und wollten dich töten. Das wäre recht einfach gewesen, denn du hast dich keinen Zentimeter gerührt. Doch da, sie konnten dich nicht töten. Jeder Pfeil und jede Kugel, die genau auf dich zuflogen, wendeten sich im letzten Moment ab und flogen einen Millimeter neben dir ins Gras. Die Reiter versuchten es so lange, bis dein Vater, der schon blutete und einen Pfeil im Rücken hatte, sie verscheuchte. Danach starb er qualvoll."

„Wow! Wie geht denn das? Oh, ich glaube mein Magen grummelt. Wo gibt es denn was zu essen?", fragte Katharina verlegen.

„Oh, stimmt. Ich habe auch Hunger. Wir haben halb zehn, dann gibt es in einer halben Stunde Essen", meinte Philip.

„Hä, woher weißt du denn, wie viel Uhr wir haben?", fragte Katharina verwundert und drehte sich im Kreis, um heraus zu finden, wo möglicherweise eine Uhr war. Einerseits erwartete sie nicht wirklich eine Uhr, aber andererseits musste Philip ja irgendwoher die Uhrzeit wissen. Philip schmunzelte.

„Ach, das geht ganz einfach. Guck mal auf den Schatten des Baumes. Er steht jetzt genau da. Das heißt halb zehn, dort ist halb elf, da halb zwölf, und so weiter. Die anderen Zeiten kann man daraus schließen", erklärte Philip.

„Ah, verstehe. Was machen wir in der Zwischenzeit?", fragte Katharina neugierig.

"Ich zeige dir alles. Schau mal, das ist der Jägerplatz. Aber das weißt du sicher schon. Siehst du, die Jäger sind schon in vollem Gange. Mhh, Bisonfleisch hatten sie schon lange nicht mehr", meinte Philip und leckte sich das Maul, „Da hinten kannst du den Fressenssalon sehen, den kennst du aber bestimmt auch schon. Da ganz hinten, abseits von allem anderen, ist der Krankensaal. Und da siehst du den anderen Baum, da ist die Schule. Mrs. Sunschein ist sehr nett. Du wirst sie mögen. Sie macht gerade mit den Großen Unterricht. Die solltest du auch mal kennenlernen. Wollen wir hingehen?", fragte Philip.

„Oh, ja. Gerne", sagte Katharina.

„Na, dann. Wer als erster da ist!", rief Philip und preschte los.

„Hey!", schrie Katharina und rannte hinterdrein.

Als sie ankamen, sagte Mrs. Sunschein gerade: „So, gleich gibt es Essen. Wir machen für heute Schluss."

„Hey, Marvin. Rate mal, wer das hier ist", sagte Philip strahlend und tappte zu einem der Älteren, die sich gerade von ihren Plätzen erhoben. Diese waren mit ein wenig Moos ausgestattet und vorne war ein freier Platz, gut geeignet für eine Lehrerin. Sträucher umsäumten das ganze Schulgelände, wodurch alles gut geschützt vor Geräuschen der Außenwelt war.

„Eine Freundin? Oh, wie süß. Bitte küssen", lachte Marvin gerade und ließ die Muskeln unter seinem hübsch gestreiften Fell spielen. Die schwarzen Streifen hoben sich stark von einem kräftigen Orangeton ab.

„Aber eine sehr berühmte Freundin. Und zwar Katharina Blitz. Ja, da staunst du jetzt, was?", prahlte Philip stolz.

Marvin und die anderen Schüler, die zugehört hatten, bekamen große Augen.

„Was? Was für eine Ehre, dich kennenzulernen, Katharina", sagte Marvin mit seiner liebsten Stimme.

„Tschüss, Marvin. Vielleicht schaffst du dir auch mal jemanden so Berühmten an. So, Katharina. Das ist Mrs. Sunschein", sagte Philip, immer noch ein bisschen stolz, und deutete auf eine schlanke, alte Tiger-Dame. Ihr Fell war strubbelig vom Alter, aber ihre Augen leuchteten mit einer Autorität und Liebenswürdigkeit, dass man ihr Alter leicht vergessen konnte. Katharina ging auf Mrs. Sunschein zu und erklärte dieser freundlich:

„Hallo. Ich bin Katharina Blitz und soll auf diese Schule gehen. Und sie sind Mrs. Sunschein?" Sie hätte nicht gedacht, dass eine Tigerlehrerin in Tränen ausbrechen musste, wenn man sich vorstellt. Oder taten dies etwa alle Lehrer in dieser Tigergemeinschaft? Jedenfalls tat es diese.

„Ich habe dich so lange nicht mehr gesehen. Du warst noch klein, als ich dich zum letzten Mal gesehen habe und du kannst dich nicht mehr daran erinnern. Professor Donner wollte dich schützen und hat dich deshalb zu den Crabbens gebracht. Ich wollte es nicht, denn ich wusste, dass sie dich schrecklich behandeln würden. Wie konnte er bloß auf die Idee gekommen sein, dich bei den Crabbens abzusetzen", sagte Mrs. Sunschein traurig.

"Wieso? Zwar war es schrecklich, aber woher sollte Professor Donner das denn wissen?", fragte Katharina verwundert.

"Weil die Crabbens früher eine Tigerzucht hatten. Als wir mit der Zeit schlauer wurden, und uns z. B. selbst Uhren mit Hilfe der Bäume herstellten, mochten sie uns nicht mehr und haben uns verscheucht", erklärte Mrs. Sunschein.

"Oh, das ist traurig", meinte Katharina voller Mitgefühl.

4. SCHULE

„Wollen wir -" weiter kam Katharina nicht, denn es gab einen lauten Gong und alle setzten sich in Bewegung.

„Was war das?", fragte Katharina leise, denn auf einmal wirkten alle schweigsam.

„Ach, das ist nur das Zeichen, dass es Essen gibt", sagte Philip und die drei gingen schnell den anderen hinterher.

Als sie am Fressenssalon ankamen, liefen sie an Professor Donner vorbei und er rief über die Köpfe hinweg: „Und, hast du dich gut eingelebt?"

„Ja, ich habe sogar einen tollen Freund gefunden", sagte Katharina und ging schnell weiter.

Als alle an ihren Plätzen waren, gab es noch einen Gong, der alle zum Schweigen brachte. Dann trat Professor Donner nach vorne und sagte: „So, bevor wir essen, stelle ich erst mal unseren Gast vor, der jetzt für immer bleibt. Und zwar Katharina Blitz. Bitte komm nach vorne." Katharina ging langsam und zögernd nach vorne. „So, kannst du etwas dazu sagen?", fragte Professor Donner. Katharina wusste nicht, was sie sagen sollte. Sie überlegte kurz und schließlich sagte sie: „Ich finde es toll, hier zu sein. Ich fühle mich hier wohl. Ich hoffe, ihr nehmt mich auf."

„Ja!", riefen fast alle. Philip konnte man besonders laut hören. Unter lautem Jubel verließ Katharina den freien Platz des Sprechers.

„Du warst Klasse!", sagte Philip, als sie an ihrem Platz ankam und Katharina fühlte sich geschmeichelt, denn so toll fand sie sich eigentlich gar nicht.

„Und hiermit eröffne ich das Büfett!", rief Professor Donner. Einige erhoben sich sofort und marschierten zu einem Frischbeutehaufen, der vorne am Rand des Platzes war. Jeder suchte sich etwas aus und trottete zurück an seinen Platz. Es gab Gazellen, Hyänen, Mäuse, Zebras, Antilopen, Bisons, Büffel und sogar junge Elefanten. Wie Philip erklärte, würden Tiger bei knapper Nahrung auch Schlangen fressen. Einige nahmen etwas Großes und brachten es zu ihrem Fresspartner, um es sich mit ihm zu teilen. Philip bestand darauf, etwas für Katharina und ihn zusammmen zu holen und ließ Katharina allein an ihrem Platz zurück. Sie wartete auf Philip und spürte, wie die vielen Blicke der Anderen ihr das Fell versengten. Sie war froh, als Philip endlich zurück bei Katharina war und ihr einen jungen Bison anbot. Sie teilten es sich und Katharina kostete das erste Mal rohes Fleisch. Es war zart und schmeckte köstlich! Katharina genoss das gemeinsame Fressen mit Philip. Die Reste kamen auf den Schmutzplatz; wenn man noch Essbares überhatte, wurde dies Anderen angeboten, die vielleicht noch nicht satt waren.

Nach dem Essen standen Philip und Katharina eine Weile rum und Katharina wusste nicht, was sie sagen oder tun sollte. Schließlich sagte Philip: „So, jetzt haben wir Schule. Kommst du mit oder hast du schon etwas anderes vor? Eine Kennenlernrunde oder so etwas?"

„Ne, ne. Ich komme mit dir mit", erwiderte Katharina und sie trotteten los.

Als sie ankamen, waren alle schon da.

„So, guten Morgen, ihr Lieben", begrüßte Mrs. Sunschein die Schüler liebevoll und voller Vorfreude auf die nächste Stunde mit ihren kleinen Schützlingen.

„Guuuten Mooorgen Mrs. Suuunscheeeiiin." sagten alle im Chor.

„Heute üben wir die Abwehr in Kampfsituationen, damit ihr euch verteidigen könnt, falls ihr in Gefahr seid. Bitte stellt euch in zwei Reihen auf", sagte Mrs. Sunschein und alle stellten sich genauso auf, wie Mrs. Sunschein es gesagt hatte.

„Also, die linke Seite ist die böse Seite. Ihr rennt einfach auf die andere Seite zu und tut so, als ob ihr auf die Anderen Pfeile und Kugeln werft. In Wirklichkeit werft ihr nur diese Wollknäuel hier. Und die rechte Seite weicht erst einmal nur aus", sagte Mrs. Sunschein. Katharina war auf der rechten Seite und ihr Partner war Henri. Es war einer von denen, die sie verspottet hatten und er grinste hämisch, als ob er dachte, dass sie das sowieso nicht könnte. Er hatte seine rechte Vorderpfote nach vorne gebeugt und hatte sein Ziel fest in den Augen. Trotzdem konnte Katharina aus irgendeinem Grunde sehen, dass seine Augen immer wieder zu einem anderen Punkt schweiften und sie wusste, dass er dahin werfen würde. Sie vertraute auf ihren Instinkt und als er warf, sprang sie direkt auf den Punkt, den er andeutete. Und tatsächlich, er warf dahin, wo sie es vermutet hatte.

„Gut gemacht!", lobte sie Mrs. Sunschein. Katharina freute sich über ihr Lob und machte eifrig weiter.

„So, jetzt wechseln wir mal die Seiten", sagte Mrs. Sunschein nach einer Weile und alle wechselten eifrig die Seiten. Anscheinend machte es jedem Spaß. Katharina war im Begriff, genau den gleichen Fehler zu begehen wie Henri, denn sie hob den rechten Arm und hatte ihr Ziel fest im Auge. Zum Glück bemerkte sie noch im letzten Moment, dass Henri auch sah, dass sie die ständig auf ihr richtiges Ziel schaute und konnte gerade noch die Hand drehen. Ja, sie hatte es geschafft. Sie hatte ihn getroffen, und zwar nicht knapp, sondern genau auf das Bein. Im Innern freute sich Katharina über ihren Sieg.

Sie hatte es geschafft, Henri zu besiegen! Jetzt hatte sie ihm bewiesen, dass sie das auch ganz gut konnte. Vielleicht sogar besser als er!

„Super!", sagte Mrs. Sunschein zu Katharina.

„So, ich glaube wir machen Schluss für heute", meinte sie schließlich und alle rannten davon.

„Tschüss, ihr beiden", sagte Mrs. Sunschein zu Philip und Katharina gewandt.

„Ja, wir sehen uns dann wahrscheinlich morgen wieder, nicht wahr?", meinte Philip und führte Katharina voller Vorfreude auf den Jägerplatz zu.

5. DIE JAGD

Der Jägerplatz war ziemlich groß, wenn auch nicht so groß wie der Platz, wo alle zusammen aßen oder sich versammelten. Staunend über die guten Fänge der Jäger folgte Katharina Philip, der zielstrebig auf die Mitte des Platzes zuging. Anscheinend kannte er diesen Platz. So viele und gute Jäger! Ob Katharina wohl auch einmal so gut jagen können würde? Sie freute sich, den Jägerplatz schon einmal zu erkunden und sah sich um. Überall wimmelte es von Tigerpelzen. An einer Seite strömten einige Tiger durch einen Dornentunnel ein und aus, diejenigen, die auf den Jägerplatz kamen, schleiften Beute mit sich und brachten diese auf einen kleinen Haufen, der in der Nähe war. Überall übten in kleinen Gruppen Jäger ihre Jagdkünste. Einige Tiger untersuchten die Frischbeute, die sie nach und nach von dem Haufen verschleppten, und lasen schlechte aus. Andere nahmen die gute und brachten sie zu dem Frischbeutehaufen im Fresssalon. Dornensträucher setzten die Grenzen des Platzes. Es herrschte ein beständiges Treiben und mehrere junge Tiger strebten auf die Mitte des Platzes zu, genau wie Katharina und Philip.

Als sie in der Mitte ankamen, hatte sich dort schon eine kleine Gruppe gebildet.

„Hallo und willkommen zu dem Kurs für Anfänger beim Jagen", sagte gerade jemand.

„Das ist Mrs. Wolke", sagte Philip. „Sie hilft Anfängern beim Jagen. Ich wollte schon immer da mitmachen, aber als ich endlich dabei war, bin ich beim Thema Gruppenarbeit rausgeflogen, weil ich keinen Partner hatte. Keiner wollte mit mir machen", fuhr er fort und seine Augen trübten sich ein wenig, was aber schnell wieder vorbei war.

„Oh. Hallo Mrs. Wolke. Ich bin – ach, das wissen sie ja schon", sagte Katharina.

„Oh, hallo! Schaut mal, wen wir heute dabeihaben. Katharina Blitz! Toll! So, dann fangen wir mal an. Seht ihr dieses Stück Holz? Das ist jetzt unser Opfer. Ich mache es euch vor, ihr macht es mir nach. Wir üben heute, wie wir schleichen. Also, ihr schaut, wo keine Stöcke oder so was herumliegen. Dann lauft ihr immer schön dem Wind entgegen, damit das Opfer euch nicht riecht, das müsst ihr euch schon von Anfang an merken, sonst macht ihr es am Ende noch falsch. Und ihr müsst gebückt laufen. Guckt, so. Also gut. Dann fang am besten mal du an, Luci", erklärte Mrs. Wolke.

„Woher weiß ich denn, von wo der Wind kommt?", fragte eine piepsige Stimme von vorne.

„Das geht so: Wenn du deine Pfote ableckst und in die Luft hältst, wird ein Teil ganz schnell kalt. Aus der Richtung kommt der Wind", erklärte Mrs. Wolke. Katharina konnte gar nicht so schnell mitdenken, denn die Worte kamen so schnell aus Mrs. Wolkes Mund geschossen und wurden dann wieder vom Wind verweht, dass man sie kaum hörte.

„Okay. Dann kommt der Wind aus der Richtung und ich muss von da kommen", meinte Luci sofort und ging nach links, um sich gleich einen guten Weg auszusuchen. Bestimmt war sie gerade einmal vier Jahre alt. Dann legte sie sich beinahe hin und schlich fast lautlos auf das Stück Holz zu. Und schon war eine winzige Pfote um das Holzstück geklammert.

„Mann, ist die süß!", dachte Katharina.

„So, jetzt bist du dran, Walter", sagte Mrs. Wolke. Auch Walter ging da entlang, wo Luci hergegangen war. Er bückte sich und schlich auf das Holzstück zu. Es gab viele laute Kracher, als er gegen Stöcke stieß. Danach war Franzi dran, eigentlich hieß sie Franziska, aber alle nannten sie Franzi. Sie war ziemlich gut, nur wirkte sie irgendwie schüchtern.

Als Katharina endlich drankam, machte sie einfach das, was die anderen gemacht hatten und drückte sich mit dem

Bauch gegen den Boden. Sie wackelte kurz mit dem Hinterteil, wie sie es bei Mrs. Wolke gesehen hatte und zog den Schwanz ein. Auch sie schlich von links fast lautlos auf das Stück Holz zu. Es fühlte sich gut an, als sie vorsichtig Pfote für Pfote auf das Holzstück zu schlich. Sie genoss es, von den Anderen beobachtet zu werden. Von den meisten staunend, komischerweise auch von Luci, von sehr wenigen verächtlich und vom Rest misstrauisch, ob sie das auch wirklich könnte. Sie fand es einfach toll, egal welcher Ausdruck auf den Gesichtern der Zuschauer war. Fast wäre sie stehen geblieben und hätte gejuchzt, so schön war es. Doch sie besann sich und schlich weiter, bis sie direkt hinter dem Holzstück war. Dann sprang sie auf und stürzte sich auf das große Stück Holz. Sie erwischte es hart und schnell ging sie zu den anderen.

Dann war Philip dran. Er schlich gekonnt auf das Holzstück zu, einmal knackte es leise und er blieb kurz ärgerlich stehen, dann kam er an seinem Ziel an und bäumte sich auf, um gleich volle Kanne zuzuschlagen. Manche hielten sich die

Augen zu und andere schauten ängstlich zu, wie Philip seine Pfote auf das Stück Holz schlug und es sich in alle Richtungen teilte. Viele gingen in Deckung, weil es von überall her Holzsplitter spritzte.

„Philip!", kreischte Katharina ängstlich und duckte sich schnell, damit sie keinen Splitter abbekam. Philip legte den Kopf schief und schaute verlegen.

Als sich alle wieder erholt hatten, sagte Mrs. Wolke: „So, nach diesem Schrecken werden wir Schluss machen. Es hatten ja alle schon ausprobiert", und alle gingen, immer noch schwer atmend, weg, um sich von dem Schrecken zu erholen.

„Tut mir leid", druckste Philip herum. Es war ihm sehr peinlich und er wollte es auch wirklich nicht.

„Ja, das sollte es dir auch. Aber weißt du was? Schwanz drüber. Ist nicht so schlimm. Es ist ja niemandem etwas passiert, oder?", meinte Mrs. Wolke und zwinkerte.

„Ja, okay", sagte Philip und brachte Katharina schnell vom Jägerplatz herunter.

„Und ihr beide wart echt gut!", rief ihnen Mrs. Wolke noch hinterher.

6 . DIE HEXE

Am nächsten Morgen wachten Philip und Katharina spät auf, eher gesagt wurden sie von einem lauten Gong geweckt.

„Oh nein!", stöhnte Philip und gähnte herzhaft. Die beiden standen auf. Katharina wollte sich erst anziehen, merkte dann aber, dass sie das als Tiger ja gar nicht brauchte, und sie gingen immer noch müde zu dem Platz, wo die Tiger sich schon tummelten. Sie setzten sich und lauschten benommen dem Bericht über Büffel, welche sich anscheinend an der Wasserstelle in der Nähe des Tigerplatzes tot stapelten. Doch man solle sie nicht essen, denn sie seien vergiftet. Zum Glück sei das Wasser aber noch trinkbar. Dann durften sie sich Frischbeute holen. Diesmal trottete Katharina müde zum Haufen und holte sich und Philip eine Hyäne, welche aber trocken schmeckte und nicht zu genießen war.

Als sie fertig waren mit Essen, gingen Philip und Katharina zur Schule.

„Guten Morgen, liebe Kinder!", sagte Mrs. Sunschein.

„Guten Morgen, Mrs. Sunschein!", riefen alle im Chor.

„Also, diesmal machen wir es so, dass die rechte Seite auch noch nach den anderen grabscht", sagte Mrs. Sunschein und schon tobte ein großes Gewusel. Endlich wurden Philip und Katharina richtig wach und kämpften eifrig in Zweierreihen.

Als die Schule vorbei war und sie wussten, wie man im Kampf zwei Sachen auf einmal machen konnte, liefen Katharina und Philip zum Jägerplatz. Dort lernten sie, einer schon getöteten Beute an den Kehlkopf zu springen und zuzubeißen. Luci war zum Glück wieder als Erste dran, denn sonst hätte jeder es falsch gemacht. Sie schlich diesmal von rechts auf eine Gazelle zu. Sie hatte anscheinend alles behalten von der letzten Stunde, denn sie schlich sich sogar noch leiser an ihre Beute an. Dann, als sie direkt vor der Gazelle stand, sprang Luci ihr an die Kehle und biss zu. Dann landete sie wieder auf dem Boden. Blut spritzte aus der Wunde und Luci hatte ein winziges Stück Fleisch im Maul. Schnell ging sie zu den anderen und wollte gerade das Stück Fleisch fallen lassen, da sagte Mrs. Wolke: „Hey, das war super, Luci. Dafür sollst du eine Belohnung kriegen. Mmh. Ah", und Mrs. Wolke riss ein großes Stück Fleisch von der Gazelle ab. Ein köstlicher Duft stieg davon auf und Katharina merkte, wie ihr Magen bei dem Anblick einen turbulenten Satz machte.

„Wie wäre es mit dem hier?", fragte Mrs. Wolke und legte es vor Luci ab.

„Oh, nein. Mir reicht das", sagte Luci und deutete auf das Stück Fleisch, das sie fallen gelassen hatte.

„Das ist ja so richtig viel!", spotteten andere.

„Ihr haltet euch mal ganz daraus", sagte Mrs. Wolke streng.

„Es ist egal, was du willst. Hauptsache du bist zufrieden. So, dann macht mal weiter", forderte Mrs. Wolke die Anderen auf und der Nächste schlich auf die Gazelle zu. Katharina lernte Neues dazu und freute sich sehr darüber.

Die Zeit verging so schnell, dass der Tag sich auch schon dem Ende näherte.

Und so schnell vergingen auch die anderen Tage. Man konnte kaum ein Auge zusammenkneifen, da war der nächste Tag auch schon vorbei. Die Tage vergingen einfach wie im Fluge.

Eines Morgens wachte Katharina mit einem schlechten Gefühl auf. Irgendwas stimmte nicht.

„Was ist? Du machst ein Gesicht wie sieben Tage Zecken pflücken!", fragte Philip, als er ihr Gesicht sah.

„Ach, ich habe so ein komisches Gefühl", meinte Katharina und schüttelte sich, sodass das Moos aus ihrem Pelz flog.

„Als ob mir gleich jemand auf den Kopf schlagen würde. Es ist so komisch, es fehlt ein Gedanke, er ist nahe zu greifen, aber immer, wenn ich die Pfote nach ihm ausstrecke, ist er ganz verschwunden", fuhr sie fort.

„Oh. Ach, weißt du was? Das bildest du dir nur ein. Komm, es gibt Essen", sagte Philip und sie trotteten zum Speiseplatz, wo sie eine leckere Antilope verspeisten.

Nach dem Essen liefen Katharina und Philip zur Schule. Dort kämpften sie schon richtig gegeneinander, nur dass sie sich nicht berührten. Katharina war richtig gut, sie war sogar die Beste. Sie freute sich darüber. Doch das komische Gefühl konnte sie auch beim besten Willen nicht abschütteln. Die Zeit verstrich, und schließlich waren Philip und Katharina auf dem Weg zum Jägerplatz.

„Jetzt fällt es mir ein! Ich fühle mich beobachtet!", rief Katharina plötzlich und blieb stehen. Und da passierte es: ein dunkler, großer Schatten überquerte den Jägerplatz und die Höhle und landete hinter ihr. Es war der Schatten eines Drachen. Hinter ihm tauchten noch viele andere Drachen mit ihren finster schauenden Reitern auf. Dann rief Professor Donner laut:

„Die Hexe!"

7. DAS GEHEIMNIS

Alle rannten los. Jeder ließ das fallen, was er im Maul hatte. Es sah wie ein schnelles Wettrennen aus. Es war, als ob sie um Leben und Tod rennen würden. Und das taten sie auch. Aber nicht nur die Tiger preschten los, sondern auch die Drachen. Katharina stand stocksteif da. Sie konnte sich einfach nicht rühren. Sie wollte wegrennen, aber es ging nicht.

„Hey, schau mal! Mrs. Sunschein rennt in die andere Richtung", hörte Katharina Luci sagen.

„Das ist jetzt egal! Hauptsache wir kommen hier so schnell wie möglich weg", sagte Philip und wollte den anderen Tigern hinterherrennen.

„Warte!", rief Katharina ihm hinterher.

„Ich kann mich nicht bewegen!", rief sie. Doch es war zu spät. Philip war schon fast außer Sichtweite. Er war gerettet, Katharina und Luci aber noch nicht. Jetzt rannte auch Luci los, allerdings in die andere Richtung. Sie rannte einfach Mrs. Sunschein hinterher, merkte aber nicht, dass ein Drache es auf sie abgesehen hatte. Dann, als Katharina die arme kleine Luci sah, war die Sperre weg. Sie rannte los. Der Drache sprühte Feuer. Luci schloss die Augen. Katharina packte sie im letzten Moment am Nacken und rannte Mrs. Sunschein hinterher in eine kleine Höhle, die verborgen zwischen hohen Brombeerranken kaum zu sehen war. Stille. Sie hielten die Luft an und lauschten gebannt. Dann hörten sie lautes Gepolter, als ob alle Drachen auf einen einzigen Tiger losgegangen wären. Und genau das passierte auch vor der Höhle, in der Mrs. Sunschein, Katharina und Luci hockten, mit aufgestelltem Nackenfell. Die Drachen hatten es auf Philip abgesehen, der Katharina und Luci hinterherrannte. Schweiß lief an ihm herab und er gab alles, um den Drachen zu entkommen. Zum Glück konnte er in letzter Sekunde in die Höhle schlüpfen. Hechelnd blieb er vor den

Anderen stehen, die sich tiefer in die angenehm kühle Höhle drückten, um für ihn Platz zu machen.

„Philip!", rief Katharina und drückte die Schnauze in sein Fell.

„Wieso hast du das getan?", fragte sie aufgebracht.

„Du hättest sterben können!", pflichtete Mrs. Sunschein ihr bei, aber ihre Augen leuchteten liebevoll.

„Ach, als ich euch gesehen habe, da dachte ich, ihr könntet einen starken Mann gebrauchen", sagte Philip verlegen. Sein Fell stand in alle Richtungen ab und er trat von einer Pfote auf die Andere, als wäre es ihm unangenehm, dass so viele vorwurfsvolle Blicke auf ihn gerichtet waren.

„Ach, Philip. Auf dich kann man sich immer verlassen", meinte Katharina, stolz auf ihren treuen Freund. Erleichtert sah sie sich in der Höhle um. Sie war nicht sehr groß, es passten gerade mal sechs ausgewachsene Tiger hinein. So konnte sie schnell alles überblicken. Es gab eine große Schatzkarte, die an der Wand hing und ein paar komische Zeichen, die in Wand und Boden geritzt waren. Katharina verstand nichts von alldem. Sie musste sich anstrengen, um nicht auf dem glatten Stein auszurutschen, der den schattigen Boden darstellte. Es war ziemlich uneben und sie war nicht die Einzige, die kaum Halt fand. Auch Philip und Luci schienen Probleme auf dem rutschigen Felsen zu haben. Als Katharina mit der Schwanzspitze an der Wand entlang strich, um nach Halt zu suchen, bemerkte sie, dass der Fels sich rau von den vielen Zeichnungen anfühlte. Sie konnte sich gut vorstellen, dass er einmal glatt wie der Boden gewesen war und Wasser von ihm abperlte.

Mrs. Sunschein setzte sich und begann langsam zu erklären:

„Also, dies ist ein Geheimnis, aber ihr seid ja jetzt eh da und ich muss langsam mal abgelöst werden. Außer mir kennt diese Karte nur noch Professor Donner. Das hier alles ist ein Plan, wie man die Hexe besiegen könnte."

„He, habt ihr das gehört? Wir können die Hexe besiegen!", strahlte Philip und sprang begeistert auf, wobei er sich den Kopf an der niedrigen Decke stieß.

„Hey, so schnell geht das nicht! Ich habe gesagt: wie man sie besiegen könnte", erklärte Mrs. Sunschein streng.

„Ohhhh. Schade", sagte Philip traurig und leckte eine Vorderpfote, mit der er sich über den Schädel fuhr.

„Aber wir müssen es versuchen. Die Hexe wird nicht noch mal aufgeben. Sie wartet vor dem Eingang, denn sie weiß, dass wir uns nicht ewig verstecken können. Um die Anderen müsst ihr euch keine Sorgen machen, die sind in einer Höhle mit Proviant. Aber wir nicht. Einer muss sich opfern. Und ich weiß auch schon wer: Ich werde mich opfern. Ich bin schon alt und muss nicht mehr leben. Ihr aber habt noch ein langes Leben vor euch. Besonders du, Luci", erklärte Mrs. Sunschein und schaute ruhig von Katharina über Philip zu Luci.

„Nein!", rief Luci aufgebracht.

„Du darfst nicht sterben!", erklärte Katharina mit funkelnden Augen und stand auf.

„Genau!", pflichtete Philip ihnen bei und stellte sich mutig zwischen Eingang und Mrs. Sunschein.

„Doch", sagte Mrs. Sunschein bestimmt und erhob sich ebenfalls, mit leicht gebücktem Kopf. Ihr Tonfall ließ keinen Widerspruch zu. Mit einem Schwanzschnippen deutete sie auf die Karte, die so fest in die Wand gedrückt war, sodass sie beinahe mit dieser verschmolz. Lediglich eine Ecke hing lose in der Luft und wurde von dem hereinwehenden Wind immer wieder umgeklappt.

„Ihr müsst dieser Karte folgen, dann kommt ihr zum Schloss der Hexe. Aber ich kann die Drachen nicht sehr lange aufhalten, ihr müsst so schnell wie möglich dem Weg folgen. Ich gebe jedem eine Aufgabe. Luci, du musst dir alles merken, was hier steht. Wenn du auch nur ein Wort vergisst, dann steckt ihr in der Falle", erklärte Mrs. Sunschein und blickte Luci kurz in die Augen, wobei ihre dabei voller Vertrauen aufleuchteten.

„Okay", sagte Luci und begann, tief einatmend, alles zu lesen und sich einzuprägen.

„Katharina, du sollst die Anführerin von euch sein. Du musst entscheiden, was ihr als nächstes machen werdet. Du musst tapfer, mutig, klug und schnell sein", fuhr Mrs. Sunschein fort. Sie wusste, dass dies eine sehr schwierige Aufgabe war, aber sie hatte volles Vertrauen in Katharina.

„Okay", sagte Katharina und senkte verunsichert den Kopf. Der Wind fegte in die Höhle und wirbelte ihr Fell zu einem wilden Muster auf. Sie fröstelte in der frischen Brise; ihr

war ein wenig mulmig zumute. Sie sollte die kleine Truppe an-
führen! Dabei hatte sie doch erst so wenig Erfahrung! Unsicher
sah sie sich in der Höhle um und entdeckte Luci, die ihr einen
vertrauensvollen Blick zuwarf. Katharina wusste, dass es jetzt
an ihr lag, Luci durch dieses Abenteuer sicher hindurch zu
führen. Sie schloss die Augen und führte sich noch einmal alle
Kampftechniken vor Augen, die sie bisher gelernt hatte. Sie
stellte sich vor, ein Drache würde direkt vor ihr stehen und
überlegte sich, was sie dann tun würde. Schließlich stellte sie
sich Philip und Luci an ihrer Seite vor und ein warmes Gefühl
strömte von ihrem Bauch aus durch ihren Körper und füllte sie
mit Energie. Entschlossen öffnete sie wieder ihre Augen und
straffte energisch die Schultermuskeln. Sie würde es schaffen!
Besser gesagt: Sie alle drei würden es schaffen!

8. MRS. SUNSCHEIN!

„Und nun kommen wir zu dir, Philip. Du hast eine ganz besondere Aufgabe", meinte Mrs. Sunschein und riss damit Katharina aus ihren Gedanken.

„Ja!", rief Philip freudig und seine Augen strahlten. Katharina legte den Kopf schief und betrachtete ihn liebevoll.

„Du musst auf die anderen aufpassen", erklärte Mrs. Sunschein und musterte Philip ebenso.

„Ohhhh. Das ist doch nichts Besonderes", meinte Philip traurig und trat mit der Pfote gegen einen losen Stein, der aus der Höhle kullerte. Draußen war ein Furcht erregendes Grollen zu hören und Philip zuckte zusammen. Schnell kroch er wieder tiefer in die Höhle und drückte sich an Katharina. Ihre Felle verhakten sich ineinander und Katharina schoss ein heißes Glimmen durch den Körper.

„Oh doch, das ist etwas ganz Besonderes. Du hast mich gar nicht richtig aussprechen lassen. Es ist nämlich so: wenn die beiden in Gefahr sind, musst du dich für sie opfern", erklärte Mrs. Sunschein, traurig darüber, dass sie ihn selbst in Gefahr bringen musste.

„Oh, das ist wirklich etwas Besonderes", meinte Philip und ein Schauder durchlief seinen Körper, als er daran dachte, dass er vielleicht sterben würde. Stolz drückte sich Katharina an ihren besten Freund und ringelte ihren Schwanz in den seinen.

„Ja, das ist es", erklärte Luci besorgt, die mittlerweile fertig geworden war.

„So, seid ihr bereit?", fragte Mrs. Sunschein.

„Ja", sagten Philip und Luci wie im Chor und stellten sich mit entschlossen erhobenen Köpfen vor den Eingang. Doch Katharina wandte sich noch einmal an Mrs. Sunschein.

„Wartet, ich – ich möchte mich noch von dir -", weiter kam sie nicht, denn sie fing an zu weinen. Traurig fiel sie in Mrs. Sunscheins Arme und drückte sich schluchzend gegen ihr Fell. Nun fing auch Luci an zu weinen. Auch sie drückte sich an Mrs. Sunschein, wobei sie deren Fell durchnässte. Philip blieb noch länger standhaft, aber schließlich konnte er seine Tränen nicht mehr unterdrücken und er legte seinen Schwanz in den von Mrs. Sunschein und verhakte diese.

Als sich die drei wieder eingekriegt hatten, gingen alle vier langsam hintereinander hinaus. Mrs. Sunschein als erste, dann Katharina, als nächster Philip und schließlich Luci. Sie schlichen zuerst im Schatten der Höhle, dann traten sie hinaus in die Fänge der Drachen.

Als sie entdeckt wurden, rief Mrs. Sunschein: „Rennt!" und versperrte den Drachen den Weg. Katharina, Philip und Luci rannten los, so schnell es ihre Tigerbeine nur zuließen. Sie rannten um ihr Leben. Sie rannten um ihr wertvolles, eigenes Leben. Es kam ihnen in diesem Moment so wertvoll vor, dass sie einfach rannten. Sie wussten eigentlich gar nicht, wohin sie rannten. Philip sah immer wieder über die Schulter zurück zu Mrs Sunschein. Die Zeit zog sich wie Kaugummi dahin. Staub wirbelte auf. Luci stolperte und fiel hin. Stand wieder auf. Ein lauter Schrei. Katharina konnte nicht mehr denken. In ihrem Kopf hämmerte es. Sie hatte starke Kopfschmerzen.

„Oh, nein!", rief Philip.

„Was ist?", fragte Katharina, die die Antwort aber schon kannte. Sie konnte es nur nicht glauben. Es war einfach zu grässlich.

„Sie ist tot! Sie wurde von einer großen Kugel getroffen", rief Philip traurig.

„Nein! Das geht nicht! Sie darf einfach nicht tot sein", rief Katharina zurück. Diese zwei Sätze trafen sie wie ein Schlag. Sie stolperte, rannte aber weiter. Nein, nein, nein und nochmals nein. Das konnte nicht wahr sein!

„Noch schlimmer: Sie haben es auf uns abgesehen!", rief Philip, der schon ganz rot im Gesicht war. Sein Fell stand in alle Richtungen ab, als sei es elektrisch aufgeladen. Er hatte Angst. Er wusste, was er tun musste.

„Sie werden uns einholen! Aber habt keine Angst! Ich schütze euch!", rief Philip und sah sich ein weiteres Mal um. Die Drachen kamen schnell näher.

„Schlimmer kann es wirklich nicht werden!", rief Katharina und rannte sogar noch schneller, obwohl sie noch nie so schnell gerannt war. Sie merkte, dass Luci statt schneller immer langsamer wurde und einen immer schlimmeren Eindruck machte. Schweiß lief in Strömen an ihr herunter und sie hatte das Maul weit aufgesperrt, um genug Atem zu bekommen. Sie konnte kaum mit Philip und Katharina mithalten. Katharina wusste, dass Luci nicht mehr lange durchhalten würde. Obwohl Katharina selbst kaum mehr konnte, war sie mit einem Sprung bei Luci, nahm sie beim Rennen im Nacken und schleuderte sie auf ihren Rücken. Zuerst fand Luci keinen

Halt, doch dann hatte sie es geschafft. Katharina lief so gut es ging weiter und nachdem Luci schließlich Halt gefunden hatte, flüsterte sie Katharina den Weg ins Ohr.

„Sie haben uns eingeholt!", rief Philip und machte sich bereit loszuspringen. Er glaubte, den beißenden Atem der Drachen im Nacken zu spüren. Verzweifelt trieb er Katharina zu einem noch schnelleren Lauf an drängte sie nach vorne. Und dann passierte es: Ein Reiter spannte den Bogen. Er zielte auf Katharina. Dieser große Pfeil schoss los. Philip sprang. Er hatte Todesangst, aber er sprang. Er sprang genau dahin, wo der Pfeil hin schoss. Er wurde getroffen. Es spritzte Blut und man hörte ein Lachen. Aber es war nicht nur irgendein Lachen. Nein. Es war das spitze, schrille Lachen der Hexe. Die Drachen kehrten um. Man hörte lange das boshafte Lachen, so dass Katharina und Luci wieder weinen mussten. Sie waren traurig. Sie waren so traurig, dass sie fast aufgegeben hätten. Philip war tot. Er war weg. Einfach weg. Sein Leben war ausgehaucht und nur sein erschlaffter Körper blieb auf der Erde zurück, neben dem Katharina und Luci kauerten.

„Hey, ihr dürft jetzt nicht aufgeben. Ihr seid jetzt so nah am Ziel, ihr müsst weitergehen", sagte Philip schwach. Er lag auf dem Boden und der Pfeil neben ihm. Blut sickerte aus einer großen Schürfwunde an der Seite.

„Philip! Du lebst! Und ich dachte, du wärst tot!", rief Katharina mit fröhlicher Stimme. Neue Hoffnung keimte in ihr auf. Philip würde dies überstehen!

„Er lebt, aber nicht mehr lange", erklärte Luci traurig und legte ihr winziges Köpfchen auf den von Philip, dann aber schnell auf den von Katharina.

„Nein! Nein! Nein! Du darfst jetzt nicht sterben! Nein! Nein! Und nochmals nein! NEIN! Jeder verlässt mich! Wieso? Wieso muss mich jeder verlassen? Wieso bloß?", rief Katharina verzweifelt. Ihr wurde schwindelig und sie stützte sich schwer auf Luci.

„Geht weiter. Bitte. Ich werde allein klarkommen müssen. Und vergesst nicht, dass ihr weitergehen müsst, denn sonst war alle meine Mühe, euch zu beschützen, umsonst. Und außerdem würde ich dann vergeblich sterben. Verstanden?", erklärte Philip mit sehr schwacher, heiserer Stimme.

„Nein! Wir -!" Katharina konnte den Satz nicht beenden, denn Luci sagte schnell: „Ja, das werden wir tun", und schob Katharina schnell weg, sodass Katharina nicht auf die Idee kommen konnte, bei Philip zu bleiben. Dann hätte sie zusehen müssen, wie der Arme qualvoll an seiner großen Wunde starb, denn was konnten sie schon dagegen tun? Nein, sie konnten nichts tun. Das würden sie beide nicht verkraften. Das wusste sie ganz genau. Deshalb fügte sie danach noch sehr schnell, bevor sie, Katharina vorsichtig vor sich her schubsend, weiterging, leise und äußerst traurig hinzu: „Tschüss! Auf Nimmerwiedersehen!"

Keiner von den anderen Beiden sah, dass eine stumme Träne ihr Gesicht hinab rollte und sich im Fell ihres Kinns verfing.

9 . DAS SCHLOSS

Katharina stapfte durch die Landschaft. Immer wieder musste sie an Philip denken und gegen den Drang ankämpfen, wieder zu ihm umzukehren. Sie und Luci waren schon lange gegangen, sie hatten noch keine Pause gemacht. Keiner hatte nach dem Abschied von Philip ein Wort gesagt.

„Wollen wir nicht mal eine kleine Pause einlegen?", fragte Luci schließlich.

„Nein!", sagte Katharina barsch.

Nach einer Weile sah Katharina, dass Luci immer schlapper wurde. Am Ende musste sie sogar hecheln. Katharina nahm sie auf ihren Rücken und ging weiter. Auch ihre Kräfte ließen langsam nach. Als sie beinahe stehen bleiben musste vor Müdigkeit, sagte Katharina endlich: „Ach, ich glaube, du hast recht, Luci. Lasst uns eine Pause machen. Ich bin einfach nur verzweifelt. Kannst du das verstehen?"

„Ja, das kann ich sogar sehr gut verstehen!", meinte Luci gedankenverloren und glitt von Katharinas Rücken hinunter. Abwesend schaute sie in die Ferne.

„Wieso?", fragte Katharina neugierig, denn sie hatte gemerkt, dass Luci nicht mehr über die Situation mit Philip nachdachte, sondern ganz woanders war.

„Ach, das ist eine längere Geschichte", sagte Luci abwesend und wollte weitergehen. Ihr war dieses Thema offensichtlich unangenehm. Doch Katharina wollte nicht nachgeben.

„Komm schon. Ich bin auch ein guter Zuhörer", bettelte sie.

„Na gut", gab Luci nach und setzte sich. Doch Katharina schnippte mit dem Schwanz.

„Warte, ich jage eben etwas", erklärte sie und trottete auf einen Busch zu, aus dem der Geruch kleiner Füchse herbeiwehte, denn sie hatte Hunger. Das wäre doch ein perfektes Mahl! Sie erinnerte sich an die Lektionen aus dem Jagdkurs und drückte sich gegen den erdigen Boden, der ihr Fell tarnte. Dann zog sie den Schwanz ein und schlich vorwärts. Hoffentlich war die Mutter gerade nicht bei ihren Schützlingen. Als sie an dem dichten Busch ankam, überprüfte sie noch einmal die Windrichtung und schlüpfte hinein. Dort war ein Loch, welches in den Fuchsbau führte. Katharina hockte sich vorsichtig daneben und wartete einen Moment, als sie auch schon roch, dass sich einer der Füchse dem Eingang näherte. Angespannt drückte sie sich noch tiefer in die Erde und spannte die Muskeln an, bereit zum Sprung. Endlich fand sie eine Ablenkung von den Gedanken an Philip. Schließlich entdeckte sie eine kleine rote Schnauze, die vorsichtig aus dem Höhleneingang stieß und schnupperte. Katharina hielt den Atem an. Würde der Fuchs sie riechen? Doch dann sprang der kleine Fuchs ganz aus der schmalen Öffnung. Katharina wartete noch, bis er ein paar Schritte hinaus aus dem Busch gemacht hatte, dann sprang sie. Sie erwischte den Fuchs im Nacken und biss zu. Der Fuchs jaulte auf, dann verstummte er und Katharina spürte, wie der kleine Körper in ihrem Maul erschlaffte. Stolz hob sie den Kopf und schleppte die Frischbeute zu Luci, die immer noch gedankenverloren in die Ferne schaute. Ihr erster Fang! Als sie den kleinen Fuchs vor Luci fallen ließ, hob diese den Kopf und sah ihr endlich in die Augen. Ihre Augen hatten wieder ihren richtigen Glanz zurück.

„Guter Fang!", lobte sie. Katharina lächelte und gab Luci mit dem Schwanz das Zeichen, dass sie zuerst essen könne. Dann setzte auch sie sich.

„So, jetzt erzähl deine Geschichte", forderte sie Luci auf, als diese satt war und begann selbst zu essen, während Luci sich unwohl zurechtrückte.

„Also, es begann, als die Hexe uns das erste Mal angriff. Mein Vater war schon lange vor meiner Geburt gestorben. Als dann die Hexe kam, war meine Mutter schwach, weil sie mich im Bauch hatte. Ich war aber erst sieben Wochen im Bauch meiner Mutter. Meine Mutter war so schwach, dass sie keinen einzigen Schritt mehr tun konnte. Die Reiter sahen es auf sie ab und töteten sie mit einer Kugel. Dein Vater kam zu spät. Das Bauchfell platzte auf und ich rutschte hinaus. Keiner dachte, ich würde noch leben. Doch da, als manche Tiger es sich genauer anschauten, da sahen sie, dass ich noch lebte. Ich schaute sie interessiert an, oder eher gesagt, ich hörte mir das an, was sie sagten. Auch wenn ich nichts verstand. Keiner dachte, ich würde überleben. Aber auch das schaffte ich, wie du siehst. Tja, sie zogen mich auf, ließen mich von einer anderen Mutter säugen und erzogen mich, obwohl ich eigentlich noch zu jung dafür war. Und weil ich noch so klein war, aber trotzdem älter wurde, wirke ich jetzt immer noch jünger. Eigentlich bin ich nur zwei Jahre jünger als du", erklärte Luci und sah Katharina entschuldigend an.

„Oh", meinte diese nur. Sie hätte nie gedacht, dass Luci nur zwei Jahre jünger war als sie.

„Ich bin so schlau, weil ich schon unterrichtet wurde, als ihr noch in den Bäuchen eurer Mütter wart", fuhr Luci fort.

„Oh", sagte Katharina wieder. Sie dachte, dass Luci einfach mit einem schlauen Köpfchen geboren worden war. Jetzt erst erfuhr sie die Wahrheit.

„Für alle Tiger war ich die Sonne am Himmel", schloss Luci ihre Rede ab. Katharina stand auf und schob die abgenagten Knochen des Beutetieres möglichst weit weg von dem Fuchsbau in üppiges Dorngestrüpp.

„Komm, wir gehen weiter. Wir haben schon ziemlich viel Zeit verloren", meinte sie und ging ohne ein weiteres Wort los. Sie wartete gar nicht die Antwort ab, die Luci schon auf der Zunge lag. Traurig folgte diese ihr und sagte immer Wort für Wort den Weg auf. Und so gingen die beiden weiter geradeaus auf die schon untergehende Sonne zu.

Luci wurde immer bedrückter. Sie wollte ihrer Freundin nicht im Herzen wehtun. Oder war es gar nicht ihre Freundin? Luci schmerzte dieser Satz tief in ihrer Brust. Sie war zwar für die Tiger die Sonne am Himmel gewesen, aber alle anderen Jungtiger waren neidisch und sie hatte keine Freundin. Die ganzen Jahre waren schlimm gewesen und als Katharina kam, war sie das erste Mal wieder richtig fröhlich gewesen. Wenn Katharina jetzt nicht mehr ihre Freundin war, was hatte es denn dann noch für ein Sinn zu leben? Diese Frage drückte sie immer mehr und schließlich hielt sie es nicht mehr aus. Sie musste Katharina fragen. Sie blieb stehen und wartete, bis Katharina sich umschaute.

„Was ist denn jetzt wieder los?", fragte diese ungehalten. Dieser Satz brachte Luci zum Weinen. Immer wieder kamen neue Tränen. Katharina wechselte demonstrativ die Pfoten, als würden sie Zeit schinden, wenn Luci jetzt weiterhin weinen würde.

„B – bist – du noch – m – meine – Freundin?", fragte sie endlich schüchtern. Dies brachte Katharina zur Besinnung. Betreten sah sie Luci in die Augen.

„Natürlich! Du bist mir so viel wert wie alles Gold der Welt!", sagte oder eher rief sie großmütig und zeichnete mit den Pfoten in die Luft. Sie war mit einem Satz bei Luci und sah diese mit einem entschuldigenden Ausdruck in den Augen an.

„Was ist das?", fragte Luci vorsichtig.

„Ups! Ähm, das ist etwas sehr Wertvolles. Das Wertvollste auf der ganzen Welt - für die Menschen ", erklärte Katharina und ihr Schwanz ringelte sich belustigt.

„Ja, dann bist du mir auch so viel wert wie alles Gold und noch mehr", rief Luci, die vor Fröhlichkeit beinahe platzte.

Sie hatte ihre Freundin wieder. Sie schmiegte sich eng an Katharina und die beiden standen einen Moment ruhig da und drückten ihre Schnauzen in das Fell des Anderen.

„Wollen wir weitergehen?", fragte Katharina schließlich vorsichtig und wartete dieses Mal die Antwort ab. Sie löste sich von Luci und legte den Kopf schief.

„Ja!", meinte Luci und schon setzten sie sich in Bewegung. Dieses Mal gingen beide fröhlich und sogar ein bisschen federnd weiter.

Es dauerte lange, bis Katharina und Luci den schwachen Umriss des Schlosses sahen. Sie waren einmal falsch abgebogen und mussten fast den ganzen Weg zurücklaufen, den sie gegangen waren. Dann hatten sie den richtigen Weg eingeschlagen und waren nach längerer Zeit endlich angekommen. Als sie näherkamen, konnte Katharina einen genaueren Blick darauf werfen. Das Schloss hatte viele spitze Türme und war komplett schwarz. Es erhob sich drohend über den Boden und warf lange Schatten auf die Erde. Kleine Fenster waren in den Stein gehauen und verteilten sich über riesige Wände und Türme. Katharina fühlte sich plötzlich klein und unerfahren. Die höchsten Türme erhoben sich so weit in den Himmel, dass man die Spitze nur noch erahnen konnte. Ein großes, eisernes Tor führte in das Innere des Schlosses; man konnte nicht viel dahinter erkennen, denn bald verschwand der Gang hinter dem Tor in der Dunkelheit. Ein tief verwurzelter Baum stand vor dem Eingang, den man hätte als groß beschreiben können, der aber winzig vor dem großen, imposanten Schloss wirkte.

„Hast du Angst?", fragte Luci. Ihre Stimme zitterte leicht und sie räusperte sich verlegen.

„Nein", meinte Katharina knapp, sah Luci dabei aber nicht in die Augen.

„Ich aber. Müssen wir da rein?", fragte Luci und wechselte die Pfoten.

„Ja. Leider. Ich glaube, ich habe doch Angst", erklärte Katharina und blickte unsicher zu dem hoch vor ihnen aufragenden Schloss.

„Weil das so gruselig aussieht, oder?", fragte Luci.

10. DER HAI

„Ja. Sehr gruselig sogar. Aber wir haben den weiten Weg nicht umsonst gemacht. Komm, wir haben nicht viel Zeit", antwortete Katharina und ging los. Luci leckte sich ihr aufgestelltes Nackenfell nieder und setzte sich ebenfalls langsam in Bewegung. Sie folgte Katharina bis zum Tor. Dort blieb sie erneut stehen und fragte wieder:

„Muss ich darein?".

„Ja. Wir beide müssen darein. Auch du", antwortete Katharina und sah sich nach Luci um.

„Na gut", meinte Luci und die beiden schritten durch das Tor in den dunklen Gang.

„Waa, das ist ja eklig", schnaubte Katharina nach einiger Zeit, als sie in einen Haufen abgefallener Spinnennetze trat.

„Siehst du was? Au!", fragte Luci und stieß mit ihrem Kopf gegen einen Gegenstand.

„Du auf jeden Fall nicht! Nein. Ich sehe absolut gar nichts", meinte Katharina. Sie gingen weiter und weiter und weiter. Der Gang wurde schmaler und führte in Kurven hinab in die Dunkelheit. Katharina führte Luci mithilfe ihrer Schnurrhaare weiter durch den leicht abfallenden Gang.

Nach ungefähr einer Stunde wurde es endlich heller. Zum Glück, denn sonst hätten Katharina und Luci die Tür nicht gesehen, die vor ihnen aufragte.

„Huch, schau mal, eine Tür", verkündete Luci überrascht.

„Ach, das ist ganz normal", meinte Katharina und öffnete schnell die Tür.

„Woher weißt du denn, was eine Tür ist?", fragte sie neugierig und blinzelte in die Dunkelheit, in der sie den Umriss von Luci ausmachen konnte, der flink hinter ihr her durch die Tür huschte und diese energisch zu stieß.

„Das hat jemand erzählt, der genau das gleiche versucht hat wie wir. Allerdings hat er es nur bis zu der Eingangstür geschafft. Dort wurde er entdeckt und jemand rief: ‚WEG VON MEINER TÜR!' Was ist eigentlich das?", fragte Luci und deutete verwirrt auf einen Zettel, der an der Tür hing.

„Oh, das ist ein Zettel. Aber da steht noch was drauf. Warte mal. Es ist so dunkel hier. Ah, zum ähm – Keller", rätselte Katharina und drehte sich entschlossen um.

„Na, dann. Mach dich bereit auf einen Angriff. Wir müssen kämpfen", sagte sie und lief weiter. Luci folgte ihr. Sie gingen und es wurde wieder dunkel.

„Ihhh, das ist ja nass!", meinte Katharina plötzlich und ihre Stimme hallte durch die Dunkelheit. Sie erschauderte. Das Wasser an ihren Füßen beruhigte sie nicht gerade.

„Uaa!", schrie Luci auf und sprang ein paar Schritte zurück. Verwundert drehte sich Katharina zu ihr um.

„Was ist denn daran so schlimm?", fragte sie, tippte sich dann aber mit der Schwanzspitze auf die Stirn. Wie konnte sie das vergessen! Tiger waren wasserscheu!

„Da habe ich wohl eine menschliche Eigenschaft behalten!", meinte sie nur und ging ohne Luci weiter. Schritt für Schritt. Nach kurzer Zeit stand ihr das Wasser bis zum Nackenfell. Kurzerhand paddelte sie los und ließ sich durch das Wasser gleiten. Sie hatte Angst, denn sie spürte, dass noch jemand anderes im Raum war. Sie spürte ein unangenehmes Kribbeln in ihrem Bauch. Es war stockdunkel. Sie wusste nicht, wo sie war. Sie wusste nicht, wie weit sie von Luci entfernt war. Sie wusste nur, dass dies der Keller war.

„Aua!", schrie sie, als sie mit einer Pfote gegen etwas Hartes stieß. Plötzlich flammte Licht auf.

„Uaa! Was ist das denn schon wieder?", fragte Luci und ihre Stimme klang weit entfernt. Kurz darauf war das Licht auch schon wieder erloschen. Aber es war gerade lang genug hell, um zu erkennen, an was sie sich gestoßen hatte: An einem Kronenleuchter, der aus dem Wasser ragte. Autsch! Tja, das nennt man Pech. Schnell leckte sich Katharina die schmerzende Pfote.

„Oh, da ist ein Lichtschalter. Sehr nützlich. Könntest du das Licht vielleicht wieder -" Katharina wurde von einem lauten Rauschen unterbrochen. Jemand raste auf sie zu! Was sollte sie machen ohne Licht? Das Rauschen kam immer näher. Endlich ging das Licht mit einem lauten Knack an. Jetzt konnte sie

erkennen, wer da auf sie zuraste: Ein Hai! Er hatte sein Maul offen, bereit sie zu verspeisen. Seine glatte schwarze Haut glänzte im flackernden Licht. Die schwarze Rückenflosse ragte bedroh-

lich aus dem Wasser. Katharina hatte Angst. Sie wusste nicht, was sie tun sollte. Sie stand wie erstarrt da. Erst im letzten Moment reagierte sie und schwamm zur Seite. Sie schnappte nach Luft und starrte auf die Stelle, an der sie gerade noch geschwommen war und die der Hai jetzt durchschnitt. Er hätte sie einfach verschlucken können.

„Puh! Das war knapp!", schrie Luci von weit her und schritt unablässig an der Kante zum Wasser entlang.

„Uaa! Er greift schon wieder an!", kam es nur zurück. Das war das Zeichen für Luci. Sie sprang, zwar mit angeekeltem Gesicht, aber sie sprang ins Wasser. Und zwar schnell! Im Nu war sie bei Katharina und streckte die Krallen aus. Sie fauchte und glitt um den Hai herum, der sich bedroht fühlte und langsam zurückwich.

„Wow! Sie hat sich die Kampftechniken aber gut gemerkt!", dachte Katharina anerkennend.

„Er wird gleich wiederkommen", meinte Luci. „Wir müssen uns beeilen. Komm!" Und tatsächlich, als sie wieder aus dem Wasser raus waren, da konnten sie wieder das laute Rauschen vernehmen. In der Mitte des Raumes erkannten sie die schwarze Flosse. Der Hai schwamm auf sie zu und stoppte direkt an der Kante, die sie voneinander trennte. Unablässig glitt er an der Kante entlang und streifte diese hin und wieder einmal.

„Schnell!", sagte Katharina. „Versteck dich da hinten. Ich kämpfe mit ihm." Luci versteckte sich, während Katharina sich langsam der schwarzen Flosse näherte. Sie schlich im Schatten der Wand, so, dass der Hai sie nicht sah. Dann sprang sie in einer eleganten Bewegung auf den Hai, genau so, dass die Flosse des Haies ihr nicht schaden konnte. Sie biss in seinen Nacken. Der Hai jaulte vor Schmerz. Er wirbelte herum, doch nach einer Weile erschlaffte sein Körper und er versank im Wasser. Bald hörte man einen dumpfen Aufprall, als er am Grund ankam. Katharina starrte durch die Wasseroberfläche und erkannte verschwommen den auf der Seite liegenden Körper. Das Wasser um ihn herum verfärbte sich rasch rot.

„Puh, ich kann nicht mehr!", schnaufte Katharina und schwamm zurück zu Luci.

„Das hast du gut gemacht!", lobte sie Luci. „Deine erste große Beute! Das sah verdammt gut aus!" Sie drückte sich an Katharina, die sich durchnässt und zitternd auf das Trockene hievte, und stützte diese so gut es ging.

„Dafür bin ich jetzt-". Katharina wurde durch ein lautes Poltern über ihnen unterbrochen.

11. DER DRACHE

„Oh nein! Von dem ganzen Krach wurde wohl jemand geweckt!", sagte Luci. Und tatsächlich, nach ein paar Minuten tauchte ein Kopf in der Tür auf. Aber das war ein ganz bestimmter Kopf. Und zwar ein Drachenkopf! Er hatte blitzschnell die Situation erkannt und schob sich durch die Tür, so dass Luci und Katharina keine Zeit hatten, sich zu verstecken. Der Drache sah furchterregend aus: Er hatte eine grünliche Haut, aus der feuerrote Stacheln herausragten. Spitze, vergilbte Zähne ragten aus seinem sabbernden Maul heraus. Dann war da noch der stabile, lange Schwanz, der bestimmt über fünf Meter lang war. Schwarze, große Augen schauten Luci und Katharina finster an. Es gab keinen Zweifel mehr, er

war der Drache der Hexe! Luci und Katharina mussten irgendwie hier weg!

„Schnell! Dort hin!", rief Katharina und zeigte auf einen alten, vermoderten Schrank. Sie rannten so schnell sie konnten, doch der Drache war schneller. Er versperrte ihnen den Weg und verbrannte den Schrank mit einem feurigen Hauch. Dann grollte er belustigt. Er stapfte auf Luci und Katharina zu, um sie zu verspeisen. Doch Katharina gab nicht so schnell auf.

„Dort entlang!", rief sie. Sie rannten auf einen Tisch zu, der kurz vor dem Zusammenbrechen war. Doch abermals war der Drache schneller. Er gab ihm einen Stoß mit dem Schwanz und der Tisch fiel ins Wasser, wo er versank. Nun gab es keine Versteckmöglichkeiten mehr. Es sei denn...

„Der Kronenleuchter! Schnell! Versteck dich dahinter. Ich lenke ihn ab!", rief Katharina und sprang hinter den Drachen, so dass er sich umdrehte.

„Okay, wenn du meinst... aber pass auf! Er ist bestimmt sehr geschickt!", rief Luci und versteckte sich hinter dem Kronenleuchter. Katharina allerdings hatte nicht daran gedacht, dass der Drache Feuer spucken konnte. Er sprühte es haarscharf an ihr vorbei. Das nächste Mal war sie aber gewarnt und flüchtete ins Wasser, wo das Feuer ihr nicht schaden konnte.

„Wir müssen uns eine Taktik ausdenken. Ich versuch mich mal von hinten anzuschleichen", rief Luci. Sie schlich sich geschickt von hinten an und sprang auf den Schwanz des Drachens. Sie biss zu, sodass der Drache ein lautes, gequältes Grollen von sich gab. Er schleuderte seinen Schwanz hin und her und Luci krallte sich in die glatte Oberfläche der Drachenhaut. Doch nach und nach ließen ihre Kräfte nach. Katharina wurde bewusst, dass sie ihr helfen musste. Sie schlich sich nah genug heran und sprang an den Nacken des Drachens und riss mit Mühe ein kleines Stück Fleisch heraus. Doch dadurch wurde es nur noch schlimmer. Er drehte sich. Er wendete sich. Dann sprang er auf. Luci ließ los. Sie prallte hart gegen die Wand. Blut spritzte. Der Drache grollte amüsiert.

„Nein!", schrie Katharina und rannte zu Luci.

„Ihr könnt mir nicht einfach alle wegnehmen!", schrie sie entrüstet. Plötzlich wurde sie zornig.

„Das kriegt ihr wieder!", schrie sie und ging auf den Drachen los. Doch sie wusste, dass sie es nicht allein gegen den Drachen aufnehmen konnte. Also war sie nach einiger Zeit in die Ecke gedrängt und der Drache war kurz davor, sie zu verspeisen. Doch da, er drehte sich um und grollte wieder einmal.

Da erkannte Katharina Luci, zwar schlapp, aber sie war auf den Beinen, bereit, Katharina zu helfen. Sie war aber so erschöpft, dass sie nicht einmal einem Feuerstrahl würde ausweichen können. Der Drache bemerkte es schnell und sprühte einen dicken Feuerstrahl auf sie. Doch Katharina war zu weit entfernt! Was sollte sie machen? Oh, oh...

„Tauch, Luci!", rief Katharina entsetzt, „Tauch!" Panik kam in ihre Stimme.

„Tauch endlich!", schrie sie angsterfüllt um ihre Freundin. Was, wenn sie Luci jetzt endgültig verlieren würde? Sie musste ihrer Freundin irgendwie helfen! Aber wie? Doch dann, endlich, tauchte Luci unter die Wasseroberfläche.

„Ja!", freute sich Katharina. Doch sie hatte sich zu früh gefreut. Luci tauchte nicht. Nein. Ihre Kräfte hatten sie nur verlassen. Sie sank immer tiefer ins Wasser hinein. Tiefer, tiefer und tiefer. Als Katharina das bemerkte, schrie sie voller Angst und Trauer, weil sie wusste, dass es eh vorbei sein würde:

„Nein!" Dann wusste sie, was sie tun musste: Sie tauchte so gut sie konnte. Sie tauchte so schnell sie konnte. Sie tauchte zu Luci, die auf den Grund zu sank. Luci war fast auf dem Boden, als Katharina bei ihr ankam. Sie packte Luci im Nacken. Dann fing sie an zu ziehen. Sie schwamm langsam nach oben, Stück für Stück. Sie war fast am Ziel, als ihr die Luft ausging. Sie prustete und versuchte vergeblich schneller zu schwimmen. Sie konnte einfach nicht mehr. Sie schluckte Wasser. Röchelte. Verzweifelt rang sie nach Atem, wobei sich ihre Lunge mit Wasser füllte. Ihre Brust wollte zerbersten. Sie konnte nichts tun, außer loszulassen. Aber sie konnte ihre Freundin nicht im Stich lassen. Plötzlich erinnerte sie sich daran, dass der Drache ja noch da war. Aber wo? Dann hatte sie ihn entdeckt und hatte gleich eine Idee. Sie verharrte auf der Stelle. Und tatsächlich, gleich darauf schoss eine dicke Drachenpranke durchs Wasser. Sie schlug hart gegen Katharina,

doch sie wurde dadurch mitsamt Luci aus dem Wasser geschleudert. Sie holte schnell Luft, dann prallte sie auch schon
wieder ins Wasser. Doch sie hatte genügend Zeit, um Luci auf
das Trockene zu werfen. Schnell schwamm sie wieder nach
oben. Sie hievte sich aus dem Wasser und rannte zu Luci.

„Luci! Wach auf!", rief sie. Da hörte sie ein Grollen. Oh
nein! Der Drache war ja noch da! Sie drehte sich um und versuchte nicht daran zu denken, dass sie es gar nicht alleine mit
einem Drachen aufnehmen konnte. Doch dann fiel ihr ein, dass
der Drache schon viele andere Verletzungen hatte und wenn
sie es geschickt anstellte, würde sie es bestimmt schaffen. Sie
sprang hinter ihn und während er sich umdrehte, biss sie in
seinen Schwanz. Als er sich umgedreht hatte, war sie schon auf
der anderen Seite und biss herzhaft in den Rücken. So ging es
einige Zeit weiter, bis der Drache, der schon viele Wunden
hatte, sich plötzlich nicht mehr bewegte. Katharina war aber
schon mitten im Sprung. Jetzt waren sie Angesicht zu Angesicht. Der Drache war schneller. Er stieß Katharina hart in die
Rippen. Sie wurde gegen die Wand geschleudert. Sie rutschte
auf den Boden. Alles um sie herum drehte sich. Sie konnte
nicht mehr klar denken. Sie versuchte aufzustehen. Sie schaffte
es nicht. Ihr wurde schwarz vor Augen. Aber sie konnte hören.
Sie blieb liegen. Der Drache kam. Er machte sich bereit, um sie
zu verspeisen. Er hatte es weit geschafft. Sehr weit sogar. Fast
zu weit. Doch genau das wollte und musste sie unbedingt ver-
hindern. Und dann, als er zubeißen wollte, nahm sie die ganze,
ihr noch verbliebene Kraft zusammen, sprang hoch und biss
zu. Sie biss in die Kehle. Dann fiel sie zu Boden. Langsam
spürte sie, dass ihr auch noch der letzte verbliebene Sinn, der
Hörsinn, schwand.

Als Katharina die Augen wieder öffnete, sah sie das
schwache, aber besorgte Gesicht von Luci. Sie hatte es geschafft aufzustehen und wenigstens halbwegs wieder zu

Kräften zu kommen. Aber was war mit dem Drachen? Und wie lange war sie selbst überhaupt ohnmächtig gewesen?

„Wie geht es dir?", fragte Luci. Man konnte aus ihrer Stimme heraushören, dass sie sich große Sorgen gemacht haben musste.

„Jich oo guchh", nuschelte Katharina unverständlich, denn es ist schwierig, mit einer aufgeplatzten Zunge „Nicht so gut" zu sagen. Katharina fühlte sich sehr schwach. Zu schwach, um noch etwas zu sagen. Zu schwach, überhaupt irgendetwas zu machen. Sie konnte nichts. Einfach nichts. Deshalb schloss sie wieder die Augen. Und ehe sie etwas dagegen tun konnte, war sie auch schon wieder in einen unruhigen Schlaf gefallen.

1 2 .   D I E   K A T Z E

Luci kümmerte sich um Katharina und nach einer Stunde konnten sie weitergehen. Leider mussten sie an der tiefen Stelle vorbei, an der Luci untergegangen war. Dort mussten sie schwimmen. Nachdem sie aus dem Wasser raus waren, liefen sie in einen sanft ansteigenden, immer heller werdenden Gang.

„Was ist eigentlich mit dem Drachen passiert?", fragte Katharina endlich.

„Das wollte ich dich fragen. Weil, als ich aufgewacht bin, lag der Drache tot am Boden. Aber du hast es ja selbst gesehen", sagte Luci nachdenklich.

„Komisch. Anscheinend hat mein Biss in die Kehle Wunder gewirkt", wunderte sich Katharina.

„Na ja, zum Glück ist jetzt alles vorbei", sagte Luci wieder fröhlich am Werke.

Nachdem sie schon längere Zeit gegangen waren und es wieder hell war, kamen sie endlich an eine Art von Tür.

„Was ist denn das? Eine Supertür vielleicht?", fragte Luci genervt von dem ganzen Menschenkram.

„Ähm, nein. Die Menschen nennen es Katzenklappe. Es ist eine Tür für Katzen", erklärte Katharina.

„Oh, dann muss hier ja eine Katze herumlaufen. Die ist genau so stark wie wir. Vielleicht können wir gar nicht dagegen ankommen, wenn es mehrere sind", sagte Luci besorgt.

„Ach Quatsch! Das sind kleine Haustiere und nicht so groß wie wir Tiger. Tiger sind hier doch sicher verboten", meinte Katharina und wollte durch die Klappe gehen.

„Außerdem wäre die Klappe dann größer. Und jetzt komm!", beschied sie. Doch plötzlich sprang jemand durch die Klappe. Es war eine Katze!

„Huch!", riefen Katharina und Luci gleichzeitig.

„Pff, ihr habt Manieren!", säuselte die Katze. „Ihr seid hier unerwünscht, wisst ihr das? Ich passe eigentlich auf, dass

hier keiner durchkommt", fuhr sie fort. „Und deshalb würde ich euch raten, schleunigst umzukehren. Die Hexe ist nämlich auch in der Nähe – glaube ich jedenfalls irgendwie, oder? Mmh...", beendete sie ihren Redefluss.

„Ähm, wir sind extra hergekommen", meinte Katharina etwas belustigt.

„Ja, warum denn das?", fragte die Katze interessiert.

„Weil wir die Hexe besiegen wollen", erklärte Luci und legte den Kopf schief, um die Katze zu betrachten. Sie war wirklich recht klein und hatte ein glattes, gepflegtes Fell, welches sich eng an ihren schmalen Körper schmiegte. Große, eisblaue Augen starrten sie an. Ihr Fell war weiß, mit schwarzen Pfoten.

„Na, wenn ihr das machen wollt, muss ich euch leider davon abhalten", meinte die Katze bedauernd und stellte sich ihnen in den Weg. Sie musterte die beiden Tiger mit einer Mischung aus Misstrauen, Abneigung und Neugierde.

„An eurer Stelle würde ich jetzt gehen", erklärte sie und hob den Kopf.

„Ähm, können wir wenigstens noch ein bisschen mit dir reden?", fragte Katharina. Sie hatte eine Idee. Sie hatte einen sehr guten Plan! Vielleicht würden sie es dadurch ohne einen Kampf an der Katze vorbei schaffen.

„Na gut, macht es euch gemütlich. Ich würde mich eh sonst langweilen. Aber nicht auf den Thron da setzen! Darauf sitze ich!", stellte die Katze klar und sprang in einer geschmeidigen Bewegung auf einen Tisch. Dort setzte sie sich auf eine gemütlich hergerichtete Decke. Schließlich saß jeder wenigstens ein bisschen gemütlich auf einem Fetzen Stoff, Katharina und Luci auf dem Boden.

„Also gut. Was liegt euch auf dem Herzen?", fragte die Katze großmütig.

„Wir dachten, weil du ja mit uns verwandt bist, könnten wir dich um Hilfe bitten", erklärte Katharina sanft und in ihrem liebsten Tonfall. Sie hatte ihre Augen bittend aufgerissen, sodass sie lieb und harmlos erschien.

„Und das wäre?", fragte die Katze liebenswürdig, aber man hörte die Neugier trotzdem.

„Die Hexe ist eigentlich total böse und grausam", erklärte Katharina leise, aus Angst, dass sie jemand anderes außer der Katze und Luci hören könnte.

„Und sie will uns Tiger ausrotten! Deshalb sind wir hergekommen", kam Katharina direkt zum springenden Punkt. Sie wollte es schnell hinter sich bringen.

„Waaaaaas?", fragte die Katze. „Der werde ich es zeigen! Auskratzen werde ich ihre Augen!", rief sie empört und ließ ihre Krallen ausfahren, die den Stoff der Decke zerfetzten.

„Schließlich bin ich auch so eine Art Tiger!", fügte sie mit funkelnden Augen hinzu.

„Halt, so schnell geht das nun auch wieder nicht!", stoppte Katharina die Katze.

„Sie hat doch noch die Drachen und deren Reiter!", erklärte sie schnell.

„Ups!", stieß die Katze hervor und musste sichtbar schlucken. Ihre Krallen verschwanden wieder.

„Das einzige was du machen musst, ist uns durchlassen und uns sagen, wo die Hexe sich herumtreibt, dann können wir sie sofort bestürmen und besiegen. Dann dauert unsere Reise doch nicht so lange wie befürchtet, allerdings nur, wenn alles glatt läuft", erklärte Katharina.

„Wirklich?" fragte die Katze, nun gar nicht mehr so bestimmerisch wie kurz davor.

„Wirklich!", bestätigte Katharina.

„Okay. Hier, allerdings kann ich euch leider nicht verraten, wo die Hexe versteckt ist, denn immer, wenn sie kommt, werden mir von irgendeinem Reiter die Augen verdeckt und so habe ich sie noch nie gesehen, weiß gleichzeitig aber obermegaüberblöderweise auch nicht, wohin sie immer verschwindet", gab die Katze ein wenig verlegen zu und zeigte mit der Schwanzspitze auf die Katzenklappe, als Zeichen, dass Luci und Katharina nun passieren durften.

„Tschüss", fügte sie hinzu.

„Warte! Ich habe noch eine Frage!", mischte sich Luci ein. „Ich habe noch einen Hinweis in Erinnerung. Ich weiß aber nicht mehr welchen!", sagte sie.

„Sicher bin ich der Hinweis", bekannte die Katze und ihre Brust war stolzgeschwellt.

„Nein, du warst schon davor!", meinte Luci, erwähnte aber nicht, dass sie als Hindernis gekennzeichnet worden war.

„Hä?", fragte Katharina. Sie verstand nicht, worum es sich bei dieser Unterhaltung handelte.

„Mm, lass mich überlegen. Ah, das wird wohl Kunigunde sein", überlegte die Katze.

„Wer wird was sein?", fragte Katharina verwirrt. Sie verstand ja schon die ganze Zeit von diesem Gespräch nur Bahnhof.

„Der Hinweis, der auf der Karte eingezeichnet war, wird Kunigunde sein", bekannte Luci sofort. Wieder einmal bewunderte Katharina Luci wegen ihres schlauen Köpfchens.

„Genau", demonstrierte die Katze, „ihr müsst einmal links, dann geradeaus, die Treppe hoch, sechsmal links, rechts, links, rechts. Zehn Mal links, sieben Mal rechts und wenn ihr das letzte Mal rechts abgebogen seid, bitte links an die Wand quetschen, da rechts eine Fallgrube ist. Dann müsst ihr nur noch ein bisschen geradeaus laufen und dann ist es der siebenhundertundzwanzigtausendundachthundertundeinundsechsigste Schrank rechts. Wollt ihr noch mehr wissen oder war es das?", erkundigte sie sich und betrachtete Katharina und Luci wie eine hohe Bedienstete.

„Das war es. Und vielmals danke für deine Hilfe", bedankte Luci sich fröhlich, dass sie sich keine Gedanken mehr machen musste, wie sie denn bloß zu diesem Hinweis, der anscheinend Kunigunde war, hinkommen könnten.

„Ach, kein Problem. Habe ich doch gern gemacht. Ich hätte sogar noch mehr gemacht, hättet ihr Hilfe gebraucht", meinte die Katze. „Tschüss!"

„Tschüss!", riefen Katharina und Luci gleichzeitig und wollten losgehen.

„Ach so, noch eins. Kunigunde spricht in Reimen!", sagte die Katze schnell.

„Oh, danke. Dann können wir uns vorbereiten. Tschüss!", sagte Luci und strahlte die Katze zum Abschied noch einmal an.

„Tschüss!", sagte die Katze.

13.　　K U N I G U N D E

„Puh, hast du dir das gemerkt? Müssen wir jetzt rechts oder links?", fragte Katharina.

"Was? Du hast dir noch nicht einmal den Anfang gemerkt? Ich weiß ja, dass du vergesslich bist, aber so vergesslich.... Nun, wir müssen nach links. Komm", sagte Luci.

"Na, schön", meinte Katharina nur und sie tappten los. Sie gingen, genau wie die Katze es gesagt hatte, lange geradeaus. Anschließend mussten sie die Treppe hinauf. Dann vergnügten sie sich mit sechs Mal links, rechts, links, rechts und schließlich zehn Mal links, sieben Mal rechts. Danach gingen sie einen schmalen Gang entlang, wobei sie sich links an die Wand drückten. Schließlich kamen sie erschöpft beim ersten Schrank links an. Katharina brach neben ihm zusammen. Ihre Kräfte waren verbraucht.

"Ähm, wir müssen zum SIEBENHUNDERTUND-ZWANZIGTAUSENDUNDACHTHUNDERTEINUND-SECHSIGSTEN Schrank RECHTS!", meinte Luci, die sich auch am liebsten auf den Bauch geschmissen hätte. Katharina rappelte sich mühsam auf und sie gingen langsam und mit hängenden Köpfen weiter. Endlich, nach einer gefühlten Ewigkeit, kamen sie am SIEBENHUNDERTUNDZWANZIGTAU-SENDUNDACHTHUNDERTEINUNDSECHSIGTEN Schrank RECHTS an. Katharina und Luci fielen sofort auf den Boden.

> *„Na, wer küsst denn da die Erde,*
> *der von der Hexe getötet werde",*

dröhnte es plötzlich aus dem Inneren des Schrankes.

> *„Kommt doch zu mir herein,*
> *ich möchte nicht allein dasitzen und sein",*

kam es zur Verwunderung von Luci und Katharina heraus. Sie stellten sich schwankend hin und öffneten die

Schranktür. Im Inneren sahen sie einen winzigen Raum mit einer Stange, worauf eine sehr alte Eule saß. Mit heiserer Stimme sagte sie:

„Setzt euch hin wie ihr sollt,
fragt mich, was ihr wollt",

und Luci und Katharina setzten sich in den engen Raum.

"Ähm, wir wollen die Hexe besiegen, weil sie grausam und böse ist", fing Katharina an zu erzählen.

„Aber das weiß ich doch,
was wollt ihr denn noch",

krächzte die Eule.

„Wir brauchen deine Hilfe. Zum Beispiel kannst du uns sagen, wo die Hexe sich herumtreibt", erklärte Katharina.

„Die Hexe, die Hexe,
wenn sie doch etwas schneller wächse",

schnarrte Kunigunde.

"Kannst du uns denn sagen, wo sie ist?", fragte Luci ein wenig ungeduldig.

„Na, wenn ich es doch sage,
endlich eine Frage",

freute sich Kunigunde.

"Kannst du es uns denn sagen?", fragte Katharina.

„Na klar,

am Altar",

meinte Kunigunde heiser.

"Und wo ist dieser Altar?", fragte Luci, jetzt wirklich ungeduldig

„Im Turm ganz oben,

wo sie alle woben",

meinte die Eule krächzend.

*„*Okay, also ganz oben im Turm", stellte Katharina fest.

„Wenn ich es doch sage,

bitte eine Frage",

kam es ungeduldig zurück.

*„*Na gut, welcher Turm und wie kommt man dahin?", fragte Luci sofort.

„Bitte nur eine,

damit ich nicht weine",

sagte die Eule und schon schossen ihr Tränen in die Augen.

*„*Ist ja gut. Welcher Turm?", erkundigte sich Katharina sanft und wischte mit der Schwanzspitze die Tränen aus Kunigundes Augenwinkeln.

„Na der große, gefürchtete Westhexenturm,

Aber Achtung, da ist ein dummer Wurm!",

schnarrte Kunigunde.

*„*Und wie kommt man dahin?", fragte Luci schnell, bevor da irgendein Geplapper über einen komischen Wurm entstand.

„Na immer zum Turm im Westen,

den großen, den letzten",

meinte Kunigunde leichthin.

"Und wo ist der Westen?", fragte Katharina und drehte sich ratlos im Kreis.

"Das weiß gerade noch nicht einmal ich", sagte Luci, die den hilflosen Blick von Katharina bemerkte.

„Na dort hin,

wo ich noch nie gewesen bin",

krächzte es von der Stange, und ein kleines, aber doch groß und alt wirkendes Flügelchen zeigte aus dem Schrank heraus, den engen Gang entlang.

"Okay, und danke für die Hilfe. Tschüss!", sagte Katharina und sie und Luci kletterten aus dem Schrank heraus.

„Fragen, fragen, du Laus,

und jetzt raus!",

schrie die Eule empört und machte hinter ihnen mit Schwung die Tür zu.

14. DER WURM

„Hilfe, ich sterbe!", stöhnte Luci, „Die mit ihren Fragen! Aber es darf dann ja auch nur eine sein!"

„Ach komm, so schlimm war sie doch gar nicht! Und außerdem wissen wir jetzt, wo die Hexe sich aufhält!", meinte Katharina besänftigend.

„Ich wäre lieber im ganzen Schloss herumgeirrt, als noch dazu von einem Wurm zu erfahren!", maulte Luci.

„He, das ist jetzt aber übertrieben! Mag sein, dass sie nicht die besten Manieren hat, aber ich fand sie immer noch nett und ganz sicher wärst du nicht lieber durch das ganze Schloss geirrt! Das mit dem Wurm glaube ich ja auch nicht, aber wir können froh sein, dass sie uns den Tipp gegeben hat! Ich will nichts mehr hören!", schimpfte Katharina mit Luci und machte eine strenge Miene, aber dennoch leuchteten ihre Augen amüsiert.

„Trotzdem!", murmelte Luci kaum hörbar. Dann gingen sie schweigend in die Richtung, die die Eule als Westen bezeichnet hatte. Obwohl beide nicht so recht glauben konnten, dass dies wirklich der Westen war, hofften sie beide inständig, dass sie in der Richtung wenigstens den Turm oder die Hexe finden konnten. Sie gingen und gingen, aber sie fanden keinen Turm und keine Hexe, ja, nicht einmal den Hauch davon! Und sie waren ja nur kurz bei der Eule gewesen, also hatten sie nur ein winziges Verschnaufpäuschen gehabt. Langsam schwanden ihnen die letzten Kräfte. Katharina blieb stehen.

„Wir können nicht mehr weiter. Wir müssen uns ausruhen. Wenn wir wieder zu Kräften gekommen sind, können wir ja weitergehen. Dann können wir uns mit frischer Kraft in den Kampf stürzen", erklärte sie bestimmt und ohne auf eine Antwort zu warten, legte sie sich auch schon hin und rollte sich zusammen. Doch die Antwort brauchte sie auch gar nicht, denn Luci war nur zu erleichtert, als Katharina endlich stehen blieb. Sie legte sich neben Katharina, schmiegte sich an sie und schlief sofort ein.

Als die beiden aufwachten, waren sie wunderbar ausgeschlafen, doch der Hunger quälte sie.

„Vielleicht ist hier etwas Essbares in der Nähe", meinte Katharina und sie machten sich auf den Weg, etwas zu suchen. Sie gingen ein bisschen in die Richtung, in der sie die Hexe vermuteten, als plötzlich vor ihnen eine riesige eiserne Tür aufragte. Sie hatte nur ein Schlüsselloch, das allerdings von der anderen Seite zugestopft war, eine Türklinke gab es nicht.

„Meine Güte, was ist die groß!", staunte Luci.

„Ob wir die wohl aufkriegen?", fragte sich Katharina und die beiden stemmten sich gegen sie. Doch die Tür gab nicht nach. Sie versuchten es noch ein paar Mal, aber die Tür schien gut verriegelt zu sein.

„Was sollen wir machen? Sind wir etwa umsonst hierhergelaufen?" fragte Luci genervt.

„Wahrscheinlich schon. Aber wenn wir sie doch aufkriegen, dann ganz sicher nicht, weil wir die Hexe dahinter vermuten", meinte Katharina.

„Ja, aber wie sollen wir sie denn aufkriegen?", fragte Luci hoffnungslos, doch dann schien ihr etwas einzufallen:

„Ich könnte doch auf deinen Rücken klettern und oben durch den Türschlitz gucken", sagte sie freudig, doch Katharina schüttelte den Kopf.

„Was soll das uns denn bringen, außer dass du dann weißt, was hinter der Tür ist?", fragte sie.

„Na, dann weiß ich aber auch, mit was sie verriegelt ist und vielleicht können wir sie dann mithilfe meiner Tricks aufkriegen!", erklärte Luci. Katharina überlegte kurz mit schief gelegtem Kopf und geringelter Schwanzspitze, dann nickte sie und beneidete Luci wieder einmal um ihr kluges Köpfchen.

„Wie wäre es, wenn ich mich auf meine Hinterpfoten stelle und du auf meinen Kopf kletterst, dann bist du noch höher, weil ich nicht glaube, dass du es sonst bis nach ganz oben an den Türschlitz schaffst", meinte sie und schaute an der großen Tür hinauf. Luci fand, dass dies eine gute Idee war, und sie machten sich gleich daran zu schaffen: Katharina stellte sich so an die Wand, dass sie einen guten Halt hatte, dann kletterte Luci vorsichtig auf Katharinas Rücken, zog sich auf deren Kopf und richtete sich danach langsam auf, sodass sie genauso wie Katharina auf den Hinterpfoten stand. Doch sie kam nicht bis ganz oben. Sie streckte sich, sodass sie ein bisschen wackelte, aber dafür höher war, trotzdem reichte es immer noch nicht.

„Warte, ich glaube, ich habe eine Idee!", sagte Luci nach längerem Überlegen und tippte mit dem Schwanz an Katharinas Schulter, die immer noch am Überlegen war und erst jetzt den Kopf hob und Luci zuhörte.

„Ich könnte doch von deinem Kopf aus in diese Vertiefung in der Tür klettern und mich dann zum Schlitz ziehen, allerdings werde ich danach herunterfallen, du musst mich also auffangen", fügte sie fröhlich hinzu, doch sie hatte auch ein bisschen Angst. Sie hoffte, Katharina würde dies nicht bemerken, denn dann würde diese es ihr verbieten und umkehren wollen.

„Gut, aber pass auf dich auf!", mahnte Katharina sie, denn auch ihr war bei dieser Situation mulmig zumute. Luci fing an, langsam ein Bein in die Mulde zu setzen. Dann hielt sie sich an der Kante der Delle fest und zog das andere Bein hinterher. Als sie recht guten Halt gefunden hatte, duckte sie sich und sprang ab. Ihre kleinen Pfoten schnellten nach vorne, sie hielt sich an der Kante vom Türschlitz fest, und krampfhaft versuchte sie mit ihren Hinterpfoten Halt zu finden. Luci wusste genau, dass das nichts brachte, deshalb zog sie sich mit den Vorderpfoten hoch. Schnell spähte sie durch den Schlitz vor sich und versuchte, sich ein Bild von der Situation hinter der Tür zu machen. Aha, also eigentlich ein ganz einfacher Riegel, allerdings auf der anderen Seite der Tür verankert.

„Das mit dem Schlüsselloch ist ein ganz mieser Trick! Wir haben uns auf die rechte Seite mit dem Schlüsselloch konzentriert, was ja auch eigentlich ganz normal ist, aber hier geht die Tür von links auf, und diese Seite ist sogar nur mit einem einfachen und morschen Riegel zugesperrt. Wenn wir uns gegen die linke Seite stemmen, müsste sie eigentlich aufgehen", sagte Luci, nachdem sie von Katharina aufgefangen, und dann von ein und derselben sanft auf dem Boden abgesetzt worden war. Dann stemmten die beiden sich gegen die Tür, welche sofort aufsprang, so dass Katharina und Luci hinfielen.

„Oh, das ging tatsächlich ganz einfach!", staunte Katharina und marschierte in den kleinen Raum hinter der Tür, von dem aus eine elegante Wendeltreppe in ein höheres Stockwerk führte. Luci folgte ihr vorsichtig.

„Komm, das muss der Westturm sein", meinte Katharina. Sie stiegen die Treppe hinauf, zehn Stufen, zwanzig, fünfzig, hundert, zweihundert, irgendwann hörte Katharina auf zu zählen. Als sie schon dachten, diese Treppe würde nie enden, stieß Katharina plötzlich mit dem Kopf gegen eine kleine hölzerne Tür. Diese ließ sich ganz leicht öffnen. Hinter ihr verbarg sich ein kleiner Vorraum, in dem sich Stühle durcheinander an den Wänden reihten. In manchen Ecken stand ein kleiner Tisch, auf einem davon befand sich ein wackeliger Bücherstapel. Katharina drehte sich zu Luci um, ihre Blicke trafen sich, Luci nickte kaum merklich und sie traten ein. Die beiden durchquerten den Vorraum. Dann betraten sie einen riesigen Raum, er war eine Art Bibliothek. Tausende von Regalen reihten sich mit abertausenden von Büchern und Schriftrollen durch den ganzen Raum. Dicke, verstaubte Schinken, kleine, neuere oder alte, ledrige Bücher oder auch geheimnisvoll aussehende Schriftrollen. Neugierig beugte Katharina sich über einige der Bücher und las auf dem verstaubten Rücken eines dicken Buches: Lehrbuch der fortgeschrittenen Hexerei; auf einem dünnen erkannte sie die Aufschrift: Einfache Hexentricks; ein Titel lautete: Hexenschlösser weltweit; oder: Anwendung schwarzer Magie; auf einem alten und noch ungelesenen Buch stand: Wie man Nachfolger für die schwarze Magie findet; tatsächlich fand sie auch Titel wie: Der Gedankenlesezauber; oder: Der Bändigungszauber; das geheimnisvollste, was sie fand, hatte die Aufschrift: Tagebuch des Zauberers Nakodomius aus dem 341. Jahrhundert v. Chr. Manche Regale waren auch voll mit Düften, Tränken oder Cremes. Alles war so geregelt, dass in der Mitte des Raumes ein Kreis frei war. Dort ragte eine dicke Säule empor. Diese wurde von einer runden Theke umfasst, so dass sich die Säule in der Mitte des Tisches

befand. Katharina und Luci traten vorsichtig näher, jedoch konnten sie ihre Neugier nicht unterdrücken. Auf dem Tisch lagen kreuz und quer Bücherstapel, Schriftrollen, Gläser mit glibrigem, dampfendem, sprudelndem, aber auch flüssigem

Zeug, Düfte, Cremes und Fleischreste, die wohl von den Drachen stammten. Sie fielen über das Fleisch her und hörten erst auf zu essen, als sie mehr als satt waren.

Sie begutachteten fast alles, die Bücher hier waren viel interessanter als die aus den Regalen, sie waren gebraucht und empfindlich, es handelte sich um Einträge, jeweils einen Satz über Erfolg oder Niederlage bei Angriffen auf Tiere in der Wildnis. Dort stand sogar, wann und nach wie vielen Versuchen eine Tierart ausgestorben ist! In der letzten Spalte stand tatsächlich, dass die Tiger bald ausgestorben seien. Schließlich hatten sie alles studiert bis auf die Gläser mit dem ekligen Zeug und waren so sehr in die vielen Sachen vertieft, dass sie ganz vergaßen, wo sie waren und wie gefährlich es hier war. Als sie sich schließlich den Gläsern mit diesem interessanten Zeug zuwandten, sprach plötzlich jemand zu ihnen.

„Watt macht'n ihr hier?" Erschrocken drehten sich Katharina und Luci um, doch weit und breit war niemand zu sehen.

„Wer ist da?", fragte Luci ängstlich. Hektisch drehten sich die beiden im Kreis. Es könnte ja die Hexe sein!

„Na ich!", kam die Antwort.

„Kennen wir uns?", fragte Katharina vorsichtig und drehte sich mit dem Rücken zu Luci, sodass die beiden sich gegenseitig den Rücken deckten.

„Keine Ahnung!"

„Wo bist du?", fragte Luci.

„Na hier!" Die Stimme kam vom Tisch!

„Und wo genau?"

„Hier!"

„Und wo ist dieses `Hier´?"

„Na hier!"

„Äh...und wo?"

„Mann, eye. Bei den Tränken hier, ihr Waschlappen!"

„Meinst du die Gläser mit dem stinkenden Inhalt?"

„Hä?"

„Äh..."

„Ach so! Ja klar! Äh, … warte mal. Woher weiß ich das eigentlich? Toll! Ich weiß was!"

„Äh… ja."

„Was ‚ja'? Wollt ihr mich herausfordern?"

„Nein!"

„Was dann?"

„Du hast uns angesprochen!"

„Habe ich das?"

„Ja!"

„Oh!" Auf einmal entdeckte Katharina ihren Gesprächspartner: einen Wurm! Er saß hinter einem der Gläser und aus seiner schleimigen Haut ragten zwei winzige Ärmchen. Kleine, lidlose, schwarze Augen starrten sie recht dümmlich an. Also hatte die Eule doch recht! Und sie waren auch auf dem richtigen Weg! Schnell zeigte sie ihn Luci. Diese wirkte sehr erstaunt.

„Du bist tatsächlich der Wurm!", entfuhr es ihr. Darauf reagierte der Wurm nicht gerade nett.

„Ach so? Das wusste ich ja gar nicht! Mann, eye. Natürlich bin ich ein Wurm! Oder sehe ich nicht danach aus?"

„So war das gar nicht gemeint!"

„Ach so? Wie denn sonst?"

„Entschuldige, falls ich dich verletzt habe."

„Verletzt? Nein, schlimmer, du hast mich beleidigt! Ja genau, jetzt bin ich beleidigt!"

„Das wollte ich nicht. Tut mir leid!"

„Ja, ja, das sagen 'se alle! Und jetzt verschwindet!" Doch Katharina ließ sich nicht so leicht abschütteln.

„Was ist das?", fragte sie und zeigte auf eines der Gläser, hinter denen der Wurm hervorgekommen war. Es roch besonders abscheulich. Der Wurm sah sie wütend und mit blitzenden Augen an und meinte verächtlich:

„Na, das ist ein Trank. Wie ich bereits sagte. Glaub ich jedenfalls. Wie auch immer, ich habe es glaub ich schon gesagt!"

„Oh, entschuldige, das ist also ein Trank", wiederholte Katharina für sich. Der Wurm sah sie kritisch an.

„Natürlich ist es ein Trank!", demonstrierte er und stupste das Gefäß mit einem Ärmchen an. Es blieb eine schmale Schleimspur auf dem Glas zurück.

„Was steht denn darauf?", fragte Katharina. Sie war echt neugierig, was diese Tränke in sich hatten. Der Wurm drehte sich um und kroch um das Glas herum, um die Aufschrift zu lesen. Er nahm aus einer winzigen Ausbuchtung in seiner schleimigen Haut eine Lesebrille, räusperte sich laut und begann vorzulesen:

„Effektive Heilung von Schürfwunden."

15. DER TRANK

Katharina und Luci rissen die Augen auf. Beide grabschten nach dem Trank, Luci war schneller. Sie packte ihn und versteckte ihn schnell. Der Wurm japste:

„Was fällt euch ein? Einfach Sachen wildfremder Leute stehlen. Oder kennt ihr meine Herrin? Trotzdem! Ich wusste, dass man euch nicht trauen kann! Oh, wirklich? Cool! Ich wusste was! Na ja. Ähm... wo war ich jetzt? Egal. Ah ne! Ich weiß wieder! Das ist so unverschämt von euch!" Doch Katharina und Luci hörten gar nicht zu. Sie stöberten zwischen den Tränken herum, um einen Trank mit der Aufschrift „Heilung von Schusswunden" zu finden. Doch vergeblich. Es gab alles Mögliche, doch nicht etwas wie dieses. Enttäuscht gaben sie schließlich auf. Der Wurm hatte sich inzwischen wieder hinter einen Trank zurückgezogen; man konnte, wenn man lauschte, ein leises Schnarchen vernehmen. Erschöpft von dem langen, anstrengenden Tag setzte sich Luci hin. Katharina tat es ihr gleich. Lucy fiel direkt in einen tiefen Schlaf, genauso wie der Wurm, mit dem einzigen Unterschied, dass sie nicht schnarchte. Katharina jedoch konnte nicht recht schlafen. Natürlich, sie war auch erschöpft, aber sie war zu aufgeregt, um jetzt noch schlafen zu können. Sie schloss ihre Augen, in der Hoffnung, einfach einzuschlafen. Ohne Erfolg. Um sich die Zeit zu vertreiben, ließ sie sich noch einmal die Ereignisse des heutigen Tages durch den Kopf gehen. Durch die gleichmäßigen Atemzüge neben sich döste sie schließlich doch ein. Zwar in einen unruhigen, wenig erholsamen Schlaf, aber sie hatte wenigstens ein bisschen gedöst. Als sie wieder hochschreckte,

schlief Luci immer noch seelenruhig. Sie stand auf, ging langsam zwischen den Regalen hin und her und begutachtete noch einmal alles. Sie dachte darüber nach, wie sie am besten später mit der Hexe umgehen würde und verschwand in einer Fantasiewelt, in die sie gerne und oft eintauchte. Bald darauf schweiften ihre Gedanken hinüber zu den Erlebnissen der letzten Zeit, bis hin zu den Ereignissen vor einem halben Jahr, als sie von den Crabbens wegkam. Wie lange das nun schon her zu sein schien! Zuversicht und Gelassenheit breiteten sich in ihr aus, als sie an Professor Donner und alle anderen Tiger dachte. Wie es ihnen jetzt wohl ging? Wo sie waren? Ob noch mehr verletzt wurden? Ob sie schon wussten, dass Mrs. Sunschein und vielleicht auch Philip tot waren? Viele Fragen loderten in ihr auf. Auf einmal hatte sie keine Angst mehr vor dem, aber auch keine Wut auf das, was jederzeit passieren konnte: das Treffen mit der Hexe. Nein, sie hatte einfach Mut. Und dieser Mut füllte sie mit einer unglaublichen Wärme, in der sie sich geborgen fühlte. Gedankenverloren ging sie zu dem einzigen Fenster, das dieser große Raum hatte. Sie lehnte sich an die riesige Scheibe, durch die das Morgenlicht in den Raum flutete und schaute hinab in die Wildnis, wo nur noch so wenige Tiere ihr Zuhause fanden. Die Welt im Schatten des Schlosses sah verlassen und ausgestorben aus. Doch wenn man weit nach draußen in den Horizont blickte, sah man das Leben den Tag begrüßen. Vogelschwärme bedeckten zwitschernd den vom Sonnenaufgang rosaroten Himmel. Hasen und andere kleine Tierchen huschten von einem Baum zum nächsten. Katharina glaubte sogar einen Tiger still zwischen dem Trubel der Kleintiere wachen zu sehen. Nebelschwaden zogen wie eine Trennwand zwischen den beiden unterschiedlichen Welten her. Durch ein lautes Gähnen von Lucis Schlafplatz aus wurde Katharina aus ihren Gedanken gerissen. Sie wirbelte herum und tappte zu Luci, die soeben aufgewacht war. Luci streckte sich und schaute Katharina verschlafen und mit schief gelegtem Kopf an. Diese schenkte Luci ein ermutigendes Lächeln, setzte sich neben sie und legte den Schwanz ordentlich um ihren Körper. Dann leckte sie sich die trockenen Lippen.

„Und, bist du ausgeschlafen? Ich glaube, dieser wird ein anstrengender Tag", meinte sie. Luci lächelte zurück und Katharina zuckte mit den Schnurrhaaren. Luci nickte verlegen, da sie die ganze Zeit geschlafen hatte. Eine Weile schwiegen die beiden. Dann schaute Katharina Luci an und sagte:

„Wir haben es sehr weit geschafft, findest du nicht?"

„Stimmt schon, aber wir haben ja noch nicht das geschafft, was wir vorhatten", entgegnete Luci. Katharina nickte zustimmend. Damit hatte Luci natürlich Recht.

„Aber wir haben einen Trank gefunden, der vielleicht Philip hilft und wir haben den Drachen und den Hai besiegt, ebenso haben wir die Katze auf unsere Seite gezogen und den ganzen Weg hierher geschafft. Das ist doch schon ordentlich was, oder?", fragte sie.

„Du hast Recht", erwiderte Luci wortkarg. Sie hatte Angst vor dem, was als nächstes passieren würde. Katharina spürte ihre Angst und versuchte sie zu beruhigen:

„Wenn wir es geschafft haben, den Drachen und den Hai zu besiegen, dann schaffen wir es bestimmt auch, die Hexe zu besiegen, zumal sie keinen Drachen mehr hat. Komm schon. Es ist ja auch nicht mehr so weit. Also mach dir nicht so viele Gedanken darüber." Luci nickte tapfer, aber ganz weg war ihre Angst nicht. Selbst Katharina gelang es nicht komplett, ihre Angst zu überwinden. Doch sie hatte Mut, und den wollte sie auf Luci übertragen. Sie hatte sich schon einen guten Plan überlegt. Sie wusste zwar nicht, ob er aufgehen würde, aber sie hoffte es. Eine Weile hingen die beiden ihren Gedanken und Plänen nach.

„Nun, wollen wir uns auf die Suche nach der Hexe machen?", unterbrach Katharina schließlich die Stille.

„Ich glaube, das braucht ihr nicht!", hallte eine kalte Stimme durch den Raum. Luci und Katharina sprangen auf und sahen sich suchend um, bis sie eine große, dürre Gestalt am Ende des Raumes erkannten. Die Gestalt hatte einen langen, spitzen und zerknitterten Hexenhut auf. Katharina und Luci schauten sich an. Kein Zweifel – das musste die Hexe sein! Angstvoll drängte Luci sich an Katharina, diese jedoch schubste sie von sich und schenkte ihr einen ermahnenden Blick. Sie mussten jetzt schlau vorgehen, sie durften sich auf keinen Fall zusammendrängen, sie mussten sich verteilen, denn so würden sie es der Hexe nicht so leicht machen; das würde sie verwirren. Aber erst recht durften sie keine Angst zeigen. Luci verstand und blickte der Hexe tapfer ins Gesicht. Diese kam mit langsamen, bedachten Schritten auf die beiden zu.

„Na sieh mal einer an, dass es zwei kleine Tigerchen bis hierher geschafft haben. Wie dumm von eurem Anführer, euch hierher zu schicken, da ihr spätestens hier sterbt. Ich an seiner Stelle wäre ja selbst gekommen. Daran merkt man, wie feige er ist", höhnte sie und grinste hämisch.

„Ha! Sie wissen ja gar nichts! Ebenso weiß Professor Donner gar nichts davon, dass wir hierhergekommen sind!", platzte es aus Katharina heraus. Im selben Moment, in dem sie es ausgesprochen hatte, biss sie sich auf die Zunge. Sie hatte schon im ersten Augenblick die Fassung verloren! Das durfte nicht noch einmal passieren. Sie atmete tief durch, um die Wut wegzublasen. Dann fügte sie leise hinzu:

„Und wir werden es gegen Sie schaffen." Ihre Stimme zitterte zwar, aber man konnte die Entschlossenheit heraushören. Diesmal war es die Hexe, die die Fassung verlor. Sie lachte los. Sie lachte ein spitzes Hexenlachen, das Katharina an jenen

Moment erinnerte, in dem Philip von dem Pfeil getroffen wurde. Traurig senkte sie den Kopf, als sie an Philip dachte, hob ihn aber gleich wieder, und versuchte, daran zu denken, dass sie Philip vielleicht noch retten konnten, wenn sie sich beeilten. Das brachte Katharina dazu, weiterzumachen. Sie ging noch einen Schritt auf die Hexe zu und begann.

„Warum tun Sie das?", fragte sie. Die Hexe musterte sie misstrauisch, dann fragte sie:

„Was?"

„Warum jagen sie uns? Warum wollen Sie, dass wir aussterben?", fragte Katharina, entschlossen, nicht aufzugeben. Der Gesichtsausdruck der Hexe verhärtete sich. Anscheinend hatte Katharina den wunden Punkt getroffen. Die Hexe starrte sie voller Wut, Hass und Spott an, als wollte sie Katharina auf der Stelle am Kragen packen und umbringen. Erschrocken wollte Katharina einen Schritt zurücktreten, doch etwas in ihrem Inneren hielt sie davon ab. Eine halbe Ewigkeit standen sie sich so gegenüber. Auf einmal bemerkte Katharina, dass Spott und Hass langsam aus dem Gesicht der Hexe verschwanden. Schließlich verschwand auch die Wut.

„Es ist angeboren", erwiderte sie endlich. Doch Katharina wollte sich damit nicht zufriedengeben. Sie trat einen weiteren Schritt nach vorne und blieb dort mit aufgeplustertem Schwanz stehen.

„Das ist keine richtige Antwort", meinte sie hartnäckig. Plötzlich kamen die Wut und der Spott zurück.

„Das geht dich gar nichts an!", schrie die Hexe und trat noch einen Schritt auf Katharina zu. Katharina fing an zu zittern und wollte zu Luci zurückweichen, aber sie wusste, dass sie das nicht durfte, also blieb sie stehen. Lediglich ihr aufgestelltes Nackenfell verriet ihre eigentliche Angst.

„Okay, wenn du mir das Du anbietest: Das geht mich etwas an, weil ich ein Tiger bin und da kannst du dich nicht herausreden", wagte Katharina zu sagen. Die Hexe sprang nach vorne, sodass sie fast das Gesicht von Katharina berührte und hauchte ihr mit einem beißenden Atem in das Ohr:

„Gut, wenn du den Kampf willst, dann kämpfen wir."

16. DER KAMPF

Die Hexe pfiff laut und lächelte Katharina und Luci kalt an. Katharina sah Luci hektisch an. Was hatte sie getan? Hatte die Hexe gerade ihre anderen Drachen mit deren Reitern gerufen? Was sollten sie jetzt bloß machen?

„Nein! Wir wollen nicht kämpfen!", erklärte Katharina verzweifelt und auch beschwichtigend.

„Zu spät!", grinste die Hexe. Hilfesuchend schaute Katharina Luci an. Doch diese hatte ebenso keine Ahnung, was sie jetzt tun mussten. Aber Katharina konnte nicht mehr lange allein standhalten. Also ging sie mutig einen Schritt von einer anderen Seite auf die Hexe zu und meinte bestimmt:

„Nein. Wir wollen nicht kämpfen. Wir wollen nur mit dir reden."

„Über was?", fragte die Hexe, während sie sich langsam zu Luci umdrehte.

„Über alles", entgegnete Luci und ging noch einen Schritt auf die Hexe zu, „wie es zustande gekommen ist."

„Was ist zustande gekommen?", fragte die Hexe misstrauisch und ging sogar verwirrt einen Schritt zurück.

„Dass sie uns jagen wollen", erklärte Luci ruhig. Nun trat die Hexe wieder einen Schritt nach vorn. Erneut stand Wut in ihrem Gesicht.

„Das ist schon längst geklärt! Und euch bringt reden nichts, wenn die Mehrzahl kämpfen will!", rief sie voller Wut. Jetzt trat Katharina hinter ihr wieder vor.

„Wieso denn die Mehrzahl? Du bist allein und wir sind zu zweit! Da wären wir doch die Mehrzahl!", wandte sie ein. Triumphierend drehte sich die Hexe zu ihr um.

„Ha! Das habt ihr wohl nicht bedacht, in eurem sicheren Plan! Ich habe auch noch einen Drachen und ganz viele andere Drachen mit Reitern! Für Angriffe im Schloss habe ich sogar noch einen Hai im Keller! Und die hören alle nur auf mich!", meinte sie siegessicher. Katharina schaute der Hexe mutig ins Gesicht und konterte mit möglichst sicherer Stimme:

„Den Hai und deinen Drachen haben wir schon besiegt!" Das schien die Hexe wirklich ein bisschen zu verunsichern, doch um sich das nicht anmerken zu lassen, sagte sie hastig:

„Aber ich habe ja noch alle anderen Drachen und deren Reiter! Und zusammen werden wir euch mit links besiegen!" Katharina und Luci schauten sich an und wussten, dass die Hexe Recht hatte. Sie würden es niemals allein gegen die Hexe und ihre Armee schaffen. Sie mussten alles versuchen, um die Hexe davon abhalten, ihre Drachen und Reiter zu rufen.

„Aber im Moment sind wir die Mehrzahl und wir wollen reden", wandte Katharina ein.

„Ha! In ein paar Sekunden sind alle anderen da und dann werden wir kämpfen!", hielt die Hexe mit einem lässigen Blick auf die Tür, die noch verlassen da lag, dagegen. Katharina und Luci wechselten einen ängstlichen Blick.

„Das heißt, sie haben sie schon gerufen?", fragte Luci unsicher. Die Hexe nickte siegessicher. Und dann hörten sie es: ein lautes Donnern von tausenden von Schritten. Luci und Katharina tauschten einen vielsagenden Blick und verteilten sich versteckt im Raum, aber genau so, dass sie alles beobachten konnten.

„So, so, da versteckt ihr euch also einfach. Aber wir werden euch finden, denn wir sind viele und außerdem weiß ich, in welche Richtung ihr gegangen seid", erklärte die Hexe schadenfroh. Und dann kamen sie rein: erst einer, dann zwei und schließlich immer mehr, einer nach dem anderen. Am Ende war beinahe der ganze Raum voll mit dicken, großen Drachen. Auf ihnen saßen ihre Reiter, sie hatten kleine, spitze Hüte auf und trugen Pfeil und Bogen, auch hatte jeder von ihnen ein Gewehr bei sich. Sie alle hatten ihre großen, kalten Augen auf die Hexe gerichtet, welche sich gelassen gegen den runden Tisch lehnte, der die dicke Säule umfasste. Die Hexe stand so in der Mitte der vielen Drachen und begann eine kurze Rede:

„Es haben sich zwei Tiger ins Schloss geschlichen. Wollen wir sie hier haben? Nein! Also vernichten wir sie! Los, macht euch auf die Suche, weit können sie noch nicht sein. Ihr fünf bleibt hier, sodass wir sie vernichten können, wenn sie hier auftauchen. Auf meinen Startruf beginnt ihr, nach ihnen zu suchen. Und – los!" Die Drachen fegten unter lautem Gepolter aus dem Raum, um sich auf die Suche nach Katharina und Luci zu machen. Die beiden waren allerdings noch im Raum und legten sich geschickt unter die Regale, sodass man sie nicht sehen konnte. Ihre einzige Chance war, sich so lange versteckt zu halten, bis die Drachen erschöpft waren und sich vielleicht gegenseitig angriffen, da erschöpfte Drachen dazu neigen, aufeinander loszugehen. Sie warteten einige Stunden und Katharina bekam immer mehr Angst. Was, wenn ihr Plan nicht aufging und die Drachen einander nicht angriffen? Was, wenn sie irgendwann aus dem Versteck herausmussten, weil sie etwas zu essen und zu trinken brauchten? Was, wenn sie sogar schon vorher entdeckt wurden? Panik stieg in ihr auf, weil immer noch nichts passierte. Die Stunden vergingen und man konnte das Poltern der Drachen im ganzen Schloss hören. Die Hexe hatte sich gesetzt, bewachte aber aufmerksam, ebenso wie die fünf Drachen und Reiter, die Eingänge. Es passierte immer noch nichts und Katharina drehte sich verunsichert zu Luci um, nur um zu entdecken, dass diese eingeschlafen war. Erst wollte sie Luci wecken, dann aber dachte sie, es wäre vielleicht schlau, sich auszuruhen, bis sie entdeckt wurden. Also schloss sie die Augen und schlummerte tatsächlich kurz darauf ein.

Auf einmal wurde Katharina doch tatsächlich von einem Gebrüll und Jaulen aus dem Schlaf gerissen, was nur heißen konnte, dass ein Drache den anderen angegriffen hatte.

„Sie wurden entdeckt!", rief die Hexe und sprang auf, „Helmut, gib mir deinen Drachen. Ihr zwei kommt mit mir mit, ihr zwei bleibt hier und passt auf, ob vielleicht eine von den beiden hierher entwischen kann!" Und schon war die Hexe um die Ecke verschwunden – und mit ihr drei Drachen und zwei Reiter! Katharina drehte sich aufgeregt zu Luci um, die nun auch hellwach war. Sie wechselten einen angespannten Blick und lauschten, was wohl als nächstes passieren würde. Erst hörte man weiterhin nur Gebrüll und Jaulen, dann mischte sich darunter auch das Geschrei der Reiter. Es wurde immer lauter und kam aus allen Richtungen. Plötzlich kam die Hexe zu Fuß hereingeplatzt; man konnte ihr ansehen, dass sie wütend war.

„Wie kann das sein? Sie greifen sich gegenseitig an! Wie kann ich nur so dumme Drachen haben? Und wieso unternehmen diese blöden Volltrottel auf ihren Rücken nichts dagegen? Mmh, Helmut, das hat dir wohl die Sprache verschlagen, was? ANTWORTE GEFÄLLIGST!", schrie sie. Katharina lugte vorsichtig hinüber. Die Hexe hatte einen Reiter mit der linken Hand am Kragen gepackt und hob ihn drohend nah an ihr Gesicht, mit der rechten gab sie ihm nun ein paar kräftige Ohrfeigen. Auf seinem Gesicht blieben rote Spuren zurück, die sich über seine linke Wange verteilten.

„I… ich – ich weiß nicht!", stotterte er ängstlich, sodass er Katharina schon fast leidtat.

„Nutzloses Stück Dreck!", empörte sich die Hexe und warf ihn in die Ecke, wo er reglos liegen blieb. Die Hexe wandte sich nun an einen der beiden Reiter, die mit ihren Drachen dort gewartet hatten und fragte ihn verärgert:

„Wie heißt du?"

„Steve", antwortete dieser ängstlich. Die Hexe nickte zufrieden und meinte:

„Gut, dann bist du jetzt der neue Hauptmann. Um den da hinten brauchst du dich nicht mehr zu kümmern." Sie deutete mit einer abfälligen Handbewegung auf Helmut, der weiterhin reglos in der Ecke lag. Eine dunkelrote Spur verteilte sich neben ihm auf dem Boden. Katharina wollte gar nicht wissen, was die Hexe ihm angetan hatte. Dann ging diese einen Schritt auf den frisch ernannten Hauptmann zu und zischte beinahe unmenschlich:

„Und wehe, du enttäuschst mich, dann passiert dir das gleiche wie dem da", und sie zeigte ein weiteres Mal in die Richtung des leblosen Reiters. Dann nahm sie den Drachen des anderen Reiters und ritt hinaus, denn das Gebrüll, Jaulen und Schreien schwoll noch mehr an. Steve ritt ihr hastig hinterher. Katharina warf Luci einen bedeutungsvollen Blick zu, die sofort verstand und die beiden kamen langsam unter ihren Regalen hervor. Nun war nur noch ein Reiter im Raum; die Chance mussten sie nutzen, um etwas zu essen und zu trinken. Sie mussten sich schließlich stärken! Und sie hatten ja auch seit Ewigkeiten nichts mehr gegessen. Langsam schlichen sie sich von hinten an den einzelnen Reiter an, immer darauf bedacht, dass jederzeit ein Drache hereinkommen könnte oder gar noch schlimmer, die Hexe. Es kam jedoch niemand. Also tappten sie weiter und als sie bei dem Reiter ankamen, packten sie ihn und schmissen ihn zu Boden. Der Reiter wollte schreien, aber Luci setzte eine Kralle an seinen Hals und gebot ihm dadurch zu schweigen. Der gehorchte und Katharina machte sich auf die Suche nach etwas Essbarem, während Luci auf den Reiter aufpasste. Katharina wusste, dass sie sich beeilen musste, denn es konnte ja jederzeit jemand hereinkommen und sie entdecken. Sie suchte alles ab und schließlich fand sie Fleischreste in einem kleinen Raum mit der Aufschrift: „Drachenfutterkammer". Jedoch gab es nirgends etwas zu trinken. Da Katharina großen Durst hatte und nicht aufgeben wollte, durchsuchte sie schließlich die Tränke. Erst fand sie nichts außer ein paar Tränken wie: *der Säuretrank* und: *der Durstmacher*. Aber das war ja genau das Gegenteil von dem, was sie wollte. Gerade als sie aufgeben wollte, fiel ihr etwas ins Auge: Hinter diesen Tränken schimmerte ein winziges Gefäß hervor, das sie vorher noch gar nicht entdeckt hatte. Es war nicht mehr viel drin. Die Flüssigkeit war durchsichtig und dickflüssig und man konnte nicht das kleinste Blubbern oder Sprudeln wie in den anderen Tränken erkennen. Vorsichtig schob sie ihn näher an sich heran. Was wohl auf dem Etikett stand? Und ob es ihr weiterhelfen würde? Und tatsächlich: *der Durstlöscher*. Katharina schnappte sich vorsichtig den Trank und gab Luci das Zeichen, dass sie sich nun wieder verstecken konnten. Luci schubste den Reiter sanft auf die Seite und sie rannten davon. Sie versteckten sich wieder unter den Regalen und begannen, das Fleisch zu verzehren. Als sie schließlich satt waren, wandten sie sich dem Trank zu. Katharina öffnete den Korken und nahm einen kleinen Schluck. Sofort breitete sich Wärme in ihr aus. Sie hatte keinen Durst mehr, fühlte sich wohlig und kraftvoll, sodass sie sofort persönlich gegen die Hexe kämpfen wollte und wollte gleich noch mehr davon trinken. Stattdessen gab sie den Trank an Luci weiter, die den Rest trank, da nicht mehr viel darin war. Luci ging es genauso und sie wollten sich schon zum Angriff bereit machen, als sie plötzlich einen gellenden, hohen Schrei hörten. Die beiden zuckten zusammen und zogen sich schnell wieder zurück. Man hörte mehrfach ein dumpfes Aufprallen. Stille. Ein Schleifen. Ein Stöhnen. Es kam näher. Die Tür wurde aufgestoßen. Katharina hielt die Luft an. Und hereinkam – das linke Bein hinter sich herziehend – die Hexe. Sie stöhnte und verzerrte vor Schmerz das Gesicht. Sie war eindeutig an ihrem linken Bein verletzt. Das war ihre

Chance! Langsam kamen sie aus ihren Verstecken hervor und traten aus verschiedenen Richtungen auf die Hexe zu – Katharina von vorne und Luci von hinten. Als sie ankamen, hatte sich der übergebliebene Reiter mit dem Rücken zu Katharina über die Hexe gebeugt. Die Hexe allerdings konnte Katharina sehen, sie lächelte.

„Da bist du ja! Na, du hast es ja wirklich lange geschafft zu überleben! Aber jetzt ist auch deine Zeit abgelaufen. Wo ist eigentlich deine Freundin? Ist sie schon tot? Ha, ha!" Doch Luci trat von der anderen Seite näher.

„Nein, ich bin nicht tot. Hier bin ich", meinte sie und die Hexe zuckte zusammen. Sie versuchte sich zu Luci umzudrehen, sank jedoch wieder zurück auf den Boden. Der Reiter stand wie eine Statue erstarrt über der Hexe und starrte Luci ängstlich an. Nun kam Katharina wieder näher.

„Es hat dir nichts gebracht, zu kämpfen. Wir haben es dennoch geschafft, heil davon zu kommen. Nun kannst du nicht mehr kämpfen. Beantworte einfach die Fragen, die wir dir stellen, hör auf zu versuchen, uns zu vernichten und wir lassen dich in Ruhe", erklärte sie. Sie dachte, es wäre geschafft, doch sie täuschte sich. So schnell gab die Hexe nicht auf. Sie zückte ihren Zauberstab, richtete ihn fest umklammert auf Katharina und rief in schaurig schrillem Ton:

„Dobrica...", doch Luci war mit einem Satz bei ihr und riss ihr den Zauberstab aus der Hand. Mit einem lauten Knack brach er entzwei und Luci spuckte ihn angewidert aus, als hätte er einen scheußlichen Geschmack. Die Hexe erbleichte. Katharina dachte, dass sie jetzt aufgeben würde, aber so war es nicht.

„Alle herkommen! Sie sind hier! Kommt und vernichtet sie!", schrie die Hexe. Dann legte sie ihren Kopf erschöpft, aber mit einem zufriedenen Lächeln auf dem Boden ab. Zuerst zuckten Katharina und Luci zusammen und wollten zurückweichen, doch dann fiel ihnen ein, dass alle Drachen und Reiter wahrscheinlich zerfetzt auf den Fluren lagen. Sie blieben stehen und lauschten angestrengt. Man konnte nichts hören. Als die Hexe das auch bemerkte, fing sie an, leicht zu zittern. Wenn jetzt niemand kam, war sie den beiden Tigern ausgeliefert. Sie pfiff noch einmal eindringlich, doch keine Antwort. Nicht das leiseste Geräusch. Nur das hektische Atmen des nutzlosen Reiters über ihr. Jetzt ging Katharina erneut auf sie

zu, sie fing wieder damit an, was sie gerade eben bereits sagen wollte. Die Hexe wollte es nicht wahrhaben. Sie sagte so lange nichts, bis die Tiger sie bedrohlich nahe umringten. Sie hatte bis zum letzten Moment noch die Hoffnung, dass sie vielleicht doch noch Unterstützung bekommen würde. Doch niemand kam. Sie würde einfach alles gestehen und versprechen, dass sie die Tiger nicht mehr jagen würde. Dann müsste sie einfach nur ins Tagebuch schreiben, dass sie es nicht geschafft hatte, die Tiger zu vernichten und würde einfach andere Tiere jagen. Ja, das würde sie jetzt machen. Das wäre zwar die einzige Niederlage seit Jahrhunderten, aber das war jetzt auch egal. Sie wollte gerade schon zu einer Antwort ansetzen, als plötzlich ein Drache hereinkam. Er hatte nicht die kleinste Verletzung und schoss geradewegs auf Katharina und Luci zu. Ein Funken Hoffnung kam in der Hexe auf. Luci und Katharina sprangen zur Seite und wollten flüchten, doch sie wussten beide, dass es dazu zu spät war. Sie mussten kämpfen. Aber sie würden es schaffen, sie hatten schließlich auch gegen einen viel stärkeren Drachen gewonnen. Nur hatten sie diesmal kein Wasser in der Nähe, in das sie flüchten konnten. Das war ein Nachteil. Aber sie hatten auch einen Vorteil, sie wussten schon, wie man am besten vorgeht, wenn man gegen einen Drachen kämpft. Luci hielt sich noch zurück, bereit, jederzeit für Katharina einzuspringen, während Katharina die Technik anwendete, mit der sie auch den anderen Drachen anfangs hatte in Schach halten können. Sie sprang immer wieder um den Drachen herum und biss ihm in Rücken und Schwanz. Als sie merkte, dass der Drache bald nicht mehr auf ihre Tricks hereinfallen würde, passte sie ganz besonders auf, und, sobald er stehen blieb, blieb sie auch stehen und biss ihm kräftig in den Rücken. Der Drache heulte auf und drehte sich um, doch Katharina war schon wieder auf der anderen Seite. So ging es eine Weile und Katharina hoffte schon, sie würden es jetzt schaffen, als auf einmal ein zweiter Drache hereinkam – ein dritter – und ein vierter. Schließlich waren es fünf Drachen. Katharina erstarrte und der Drache nutzte den Moment, um sich schnell zu ihr umzudrehen. Luci sprang schnell ein und half ihr, doch nun waren es vier weitere Drachen, die sie angriffen. Nur einer von ihnen hatte ein paar Verletzungen. Katharina wendete bei diesem die gleiche Taktik an und wich dabei den anderen drei Drachen aus. Natürlich klappte dies auf Dauer nicht. Sie musste sich eine andere Technik ausdenken. Nur welche? Sie verschwand hinter einem Regal und atmete erst einmal tief durch. Die vier Drachen mussten wohl durch den Lärm des anderen herangelockt worden sein. Das hieß, es konnte keine weiteren Drachen mehr geben, weil diese ja dann auch gekommen wären. Das war zumindest ihre Hoffnung. Auf einmal hörte sie Luci schreien – nach ihr! Oh nein! Die anderen Drachen mussten zu ihr gegangen sein. Jetzt musste sie es allein mit fünf Drachen aufnehmen! Schnell sprang sie wieder hinter dem Regal hervor und biss einem von ihnen in den Rücken, sodass er sich umdrehte und sprang direkt weiter zum nächsten. So konnte sie vier von ihnen auf sich lenken. Der fünfte stand noch immer über Luci, die sich nicht bewegte. Sie lag reglos auf dem Rücken und starrte mit glasigen Augen an die Decke. Doch zum Glück war der Drache, der über ihr stand, selbst erschöpft und musste sich erst einmal ausruhen; so tat er ihr vorerst nichts. Doch jetzt lag nicht bei Luci das Problem, sondern Katharina musste irgendwie mit vier Drachen zurechtkommen. Nur einer von ihnen war verletzt. Was sollte sie jetzt bloß machen? Auf einmal kam ihr ein Gedanke: Wenn sie es hinkriegen würde, dass die Drachen jetzt wieder einander angriffen, könnte sie den Drachen dabei zuschauen und siegen, ohne selbst in Gefahr zu geraten. Oder sie würde sich um Luci kümmern. Sie warf einen besorgten Blick zu dem schlaffen Körper auf dem Boden. Doch gerade hatte sie keine Zeit für ihre Freundin. Sie sprang auf einen Drachen zu und wich hinter einen anderen Drachen aus. Der eine Drache sprühte aber verärgert Feuer in ihre Richtung und so traf er mit voller Wucht den anderen. Dieser stürzte sich nun entrüstet auf den ersten. Und so fingen die beiden an zu kämpfen. Der eine war verletzt und sah generell schwächer aus als der unverletzte und deshalb wusste Katharina, dass der eine bald siegen würde, aber immerhin hatte sie dann den einen aus dem Weg und den stärkeren wenigstens für kurze Zeit auch; vielleicht wäre er danach schon verletzt und geschwächt. Jetzt versuchte sie noch die anderen zwei gegeneinander kämpfen zu lassen, aber als sie versuchte, hinter den vierten zu springen, sprang dieser aus dem Weg und beide Drachen sprühten einen Feuerstoß haarscharf an ihr vorbei. Sie musste einen schnellen Ausfallschritt hinter ein Regal machen, um nicht das nächste Mal erwischt zu werden. Dann schlich sie sich noch einmal an, um die beiden Drachen gegeneinander aufzubringen, was wieder misslang, aber schließlich schaffte sie es doch und die beiden kämpften gegeneinander. Als sie sich erschöpft niederlassen wollte, fiel ihr auf, dass der fünfte Drache, der sich bei Luci befand, wieder zu Kräften gekommen war. Zumindest richtete er sich auf. Schnell sprang Katharina ihm in den Weg, als der Drache sich über Luci hermachen wollte. Dieser grollte verärgert und wandte sich ihr mühsam zu. Katharina merkte sofort, dass er immer noch sehr erschöpft war. Es würde hoffentlich ein leichtes Spielchen mit ihm werden. Sie benutzte die Technik, die sie schon so oft benutzt hatte. Und tatsächlich: bald brach der Drache in sich zusammen. Als sie sich sicher war, dass der Drache so bald nicht mehr aufwachen würde, wandte sie sich Luci zu, die immer noch schlaff auf dem Boden lag. Sie sorgte sich ein bisschen um Luci und setzte sich dann selbst hin, immer so, dass sie die Drachen im Blick hatte. Sie wollte sich ein bisschen ausruhen. Doch, wie sie befürchtet hatte, war der erste Drache, der schwächste der anderen, bald zu Tode erschöpft und konnte kaum mehr. Doch es würde noch ein bisschen dauern, redete sie sich ein. Sie schloss die Augen, denn sie war zu erschöpft, um sie aufzuhalten. Und schon war sie in einen tiefen Schlaf gefallen.

Katharina wurde von einem lauten Geräusch geweckt. Sie versuchte, die Augen zu öffnen, schaffte es aber nicht. Sie rutschte zur Seite und prallte hart gegen eine Wand. Sie versuchte, ein weiteres Mal die Augen zu öffnen. Es misslang ihr. Hitze drang an ihre linke Seite. Was war passiert? Wo war sie? Sie knallte gegen eine andere Wand. Sie riss die Augen auf.

Vor ihr stand ein Drache. Er war leicht verletzt. Katharina musste hier weg! Doch wie? Und wie war sie hierhergekommen? Sie forschte in ihren Gedanken. Zuerst konnte sie sich an nichts erinnern, doch dann fiel ihr Luci ein. Wo war sie? Angestrengt versuchte sie sich an mehr zu erinnern. Eine Katze – Eule – oder war es doch ein Wurm? Nein, ein Hai. Ein Trank. Drachen. Viele Drachen. Ja, das wusste sie noch. Aber wo waren die alle hin? Angriffe. Was für Angriffe? Patsch – der Drache schleuderte sie in eine Ecke. Ihr Kopf tat weh. Weiter! Sie feuerte sich selbst an. Ein Schrei - Schleifen. Philip! Sie mussten sich beeilen, um zu ihm zu kommen. Sie wollten ihm doch helfen. Aber wie? Warte mal, da war doch dieser Trank. Ob der ihm helfen konnte? Ein Stöhnen. Nein, das Stöhnen gehörte gar nicht zu Philip. Aber zu wem dann? Die Hexe. Wo war sie? Ob das Stöhnen von ihr kam? Katharina versuchte sich aufzurichten. Ein plötzlicher Schmerz durchzuckte ihren Körper. Aber sie setzte sich hin. Sie schaffte es. Der Drache kam wieder auf sie zu. Zwei Drachen lagen tot auf dem Boden. Zwei weitere Drachen lagen erschöpft nebeneinander. Luci! Sie lag leblos neben einem der toten Drachen. Auf einmal kamen alle ihre Erinnerungen zurück. Die Drachen hatten sich gegenseitig angegriffen, nur fünf waren übriggeblieben. Den einen hatten sie und Luci zusammen besiegt, der andere wurde von diesem noch lebenden Drachen besiegt und die anderen zwei hatten sich gegenseitig besiegt. So blieb nur noch dieser hier übrig. Die Hexe lag wahrscheinlich verletzt auf der anderen Seite des Raumes. Sie hatte nämlich versucht, die anderen Drachen davon abzuhalten, gegeneinander zu kämpfen und war dabei selbst verletzt worden. Ja, so war es. Jetzt musste sie also nur noch diesen Drachen besiegen. Dann hatte sie es geschafft. Nur, wie sollte sie das bloß anstellen? Mühsam stand sie auf. Alles schmerzte. Sie wich dem Drachen aus, der sie gerade in die nächste Ecke schleudern wollte. Sie versuchte, ihre

Gedanken zu ordnen. Sie streckte ihre Glieder. Dann stellte sie sich vor den Drachen, der jetzt mehr Gefallen an Luci gefunden hatte und sie ein bisschen herumschubsen wollte. Er grollte sauer und wollte Katharina aus dem Weg schleudern. Doch sie wich aus. Sie wusste, dass jetzt alles auf sie ankam. Geschickt sprang sie um den Drachen herum, sodass dieser verwirrt war. Als er sich zu ihr umdrehen wollte, sprang sie auf die andere Seite. So konnte er sie immer noch nicht sehen. Um seine entstehende Panik zu vergrößern, biss sie ihm jetzt auch noch in den Schwanz. Nun war der Drache nicht mehr zu bändigen. Jaulend sprang er im Kreis, wie ein wild gewordenes Tier. Um ihn von Luci weg zu locken, sprang sie kurz in sein Sichtfeld und rannte dann in Richtung Regale davon. Das war jetzt ihre einzige Rettung, denn der Drache nahm natürlich sofort die Verfolgung auf. Sobald sie das erste Regal erreicht hatte, sprang Katharina auch schon dahinter. So konnte sie auch nur knapp einem Feuerstrahl ausweichen. Dann kam sie von hinten wieder näher und biss dem Drachen in den Rücken. Dieser heulte auf und wollte sich wütend zu ihr umdrehen, doch wie schon so oft war Katharina schneller und wieder hinter dem Drachen; sie biss ihm so kräftig sie konnte in den Schwanz. So ging es eine Zeitlang weiter, doch nach einer Weile passierte etwas Unerwartetes. Als Katharina den Drachen ein weiteres Mal in den Schwanz beißen wollte, schlug dieser plötzlich aus. Sie wurde quer durch den Raum geschleudert. Prallte an einem Regal ab. Rutschte auf den Boden. Alles wurde schwarz. Sie konnte nur noch spüren, wie sie von einem Ort zum nächsten geschleudert wurde. Konnte nur noch hören, wie der Drache belustigt grollte. Es wurde leiser. Leiser. Als ob es aus einer anderen Welt kommen würde. Durch einen langen Tunnel. Lang. Sehr lang. Und er wurde immer länger. Alles drehte sich. Und plötzlich hörte es auf. Sie hörte nichts mehr. Sie spürte nichts mehr. Nur Nebel. Nebel waberte um sie herum. Und dann war alles aus.

17. ALLES VORBEI

Katharina wollte die Augen öffnen. Doch ihre Lider waren zu schwer. Sie spürte etwas Weiches unter sich. Wo war sie? Sie dachte an den Kampf und an Luci und alles andere. Ob sie im Himmel war? Es war still. Aber sie spürte die Anwesenheit von Anderen in ihrer Nähe. Alle anderen Toten? Ob Luci auch hier war? Sie versuchte ein weiteres Mal, die Augen zu öffnen. Diesmal gelang es ihr. Alles war verschwommen. Sie konnte eine Person neben sich sitzen sehen. Zwei weitere und etwas kleinere standen daneben.

„Ach du meine Güte! Sie wacht auf!" Das war Philips Stimme! Oh nein! Ist er etwa auch gestorben?

„Tatsächlich! Und ich dachte schon, ich wäre zu spät gekommen!" Das war Luci! Was meinte sie damit? Zu spät gekommen? Wozu denn? Und wo war eigentlich Mrs. Sunschein? War sie die Person, die hier neben ihr saß?

„Ja, da haben wir noch einmal Glück gehabt! Gut, dass du frühzeitig aufgewacht bist!" Professor Donner? Wieso... Warte mal, vielleicht war sie ja gar nicht im Himmel!

„Pr – Professor Donner!", stotterte sie erschöpft und versuchte sich aufzustützen. Doch Professor Donner drückte sie behutsam zurück. Jetzt konnte sie klarer sehen. Sie sah, dass Professor Donner erleichtert lächelte. Neben ihm standen Luci und Philip, sie lächelten ebenfalls glücklich.

„Bleib liegen", meinte Professor Donner liebevoll. „Du musst dich ausruhen."

„Aber – was ist mit Mrs. Sunschein?", fragte Katharina, denn das war die erste Frage, die ihr in den Sinn kam von den vielen, die in ihrem Kopf einander jagten. Das Lächeln auf Professor Donners Gesicht fror ein wenig ein.

„Dass du mich ausgerechnet das fragen musst. Tja, Katharina, ich muss dir leider sagen, dass Mrs. Sunschein von uns gegangen ist", erklärte er traurig und fuhr mit dem Schwanz besänftigend über ihre Stirn, um sie zu beruhigen.

„Oh", brachte Katharina nur heraus. Tränen schossen ihr in die Augen. Also war sie wirklich nicht im Himmel! Und Philip und Luci hatten auch überlebt! Nur Mrs. Sunschein nicht. Traurig blickte sie zu Philip und Luci, die ebenfalls bedrückt auf den Boden schauten. Erst waren sie alle still, dann unterbrach Katharina das Schweigen mit einer weiteren Frage:

„Wo sind wir?" Jetzt lächelte Professor Donner wieder. Philip grinste sie belustigt an und gab Kund: „Na, zu Hause!" Tatsächlich! Erst jetzt merkte Katharina, dass sie im Krankensaal war. Sie lag auf einem weichen Moosbett.

„Ich habe mir große Sorgen gemacht!", meinte Professor Donner auf einmal. Jetzt konnte man deutlich eine Sorgenfalte auf seinem Gesicht erkennen.

„Was ist denn passiert?", fragte Katharina verwirrt. Professor Donner stand auf.

„Das wollen dir bestimmt die beiden erzählen. Ich lasse euch mal allein", verkündete er und verließ den Krankensaal mit einem fröhlichen Gesichtsausdruck.

„Na, dann erzählt mir mal, was passiert ist!", forderte Katharina die beiden anderen auf. Sie setzte sich vorsichtig auf und blickte die beiden neugierig an. Philip schaute Luci auffordernd an und diese begann zu erzählen:

„Na ja, es war so: Als wir beide gegen die fünf Drachen kämpften, warst du plötzlich verschwunden und alle fünf Drachen gingen auf mich los. Ich war nicht vorbereitet und deshalb hatten sie mich schnell außer Gefecht gesetzt."

„Oh nein! Es tut mir so leid! Ich hatte gar nicht daran gedacht, dass du es allein mit allen aufnehmen musstest, wenn ich weggehen würde!", unterbrach Katharina sie aufgewühlt. Sie hatte das alles ja gar nicht gewollt!

"Ja, ich weiß, dass du das niemals extra machen würdest! Nun ja, kommen wir zu der Geschichte zurück. Wo war ich stehengeblieben? Ach ja. Als ich aufgewacht bin, sah ich als erstes die vier toten Drachen. Ich freute mich, dass du es so weit geschafft hattest, doch dann fragte ich mich, wo du und der fünfte Drache waren. Erst hatte ich keinen Schimmer, wo ihr sein könntet, aber dann hörte ich den Drachen grollen. Nur von dir habe ich nichts gehört. Das verwirrte mich und ich bin näher geschlichen, bis mich nur noch ein Regal von dem Drachen trennte. Durch das Regal konnte ich erkennen, dass der schon ziemlich stark verletzte Drache dich – also, deinen bewusstlosen Körper – hin und her schubste. Besorgt bin ich sofort eingeschritten. Es war ziemlich leicht, den Drachen zu besiegen, denn er war ja schon sehr verletzt. Als er tot war, ging ich zu der Hexe, fragte sie alles, was wir sie fragen wollten und schließlich versprach sie mir auch noch, dass sie uns nie wieder jagen würde. Als ich mit ihr fertig war, nahm ich mir den Trank für Philip und suchte mir allein den Weg aus dem Schloss, denn ich konnte dich ja nicht mitnehmen und irgendwie wusste ich, dass ich dich nicht selbst heilen konnte. So habe ich mich beeilt, aus dem Schloss heraus zu kommen, zu Philip zu rennen, ihn zu heilen und nach Hause zu hasten, um den anderen Bescheid zu geben, dass sie unbedingt zum Schloss kommen müssten, um dich zu holen. Doch gerade als ich aus dem Schloss herauskam und losrennen wollte, kamen Professor Donner und andere starke Tiger herangeeilt. Als sie mich erreichten, fragte Professor Donner vorausahnend: ‚Sie wurde erwischt, nicht?', und sie eilten ohne ein weiteres Wort in das Schloss. Verwirrt, aber auch glücklich darüber, dass sie dir jetzt zu Hilfe kommen würden, ging ich weiter zu Philip, der bewusstlos und in einer Blutlache auf dem Boden lag. Ich flößte ihm den Trank ein, doch zuerst passierte nichts. Ich dachte schon, ich wäre zu spät gekommen und er wäre tot, oder der Trank würde ihm nicht helfen, doch dann bewegte er sich auf einmal. Er richtete sich zitternd auf und fing an zu husten. Es schüttelte seinen ganzen schwachen Körper durch und Blut spritzte aus seinem Maul." Philip schlug mit dem Schwanz nach Luci.

„Na, so schlimm war es jetzt aber auch nicht!", meinte er gekränkt und hob schmollend den Kopf.

„Jawohl! Es war schlimm! Ich hatte Angst, du würdest das nicht aushalten oder es wäre nicht genügend von dem Trank gewesen, aber mit der Zeit wurdest du immer stärker." Luci wandte sich schmunzelnd wieder Katharina zu.

„Als er stark genug war, konnten wir uns auf den Weg machen. Und als wir dann zu Hause ankamen, war er schon wieder richtig munter. Aber trotzdem wurden wir sofort in den Krankensaal geschickt, so abgemagert wie wir waren. Kurz nachdem wir uns im Krankensaal hingelegt hatten, kam eine große Unruhe auf. Professor Donner und die anderen kamen mit dir an. Wir wollten sofort aufspringen und zu dir gehen, aber wir durften nicht. Wir duften noch nicht einmal neben dir liegen. Aber nach einem Tag erlaubte man uns dann auch endlich aufzustehen und den Krankensaal zu verlassen. Aber das Beste war, dass wir dich jeden Tag für eine Stunde sehen durften, unter der Bedingung, ganz leise zu sein. Wir haben immer so lange an deinem Lager gewacht, wie wir nur konnten oder durften. Manchmal kam auch Professor Donner her, um nach dir zu schauen. Er war wirklich sehr besorgt. Ich habe ihn noch nie so aufgebracht erlebt. Manchmal saß er stundenlang neben dir, bis er wieder irgendwo gebraucht wurde", schloss Luci ihre lange Erzählung. Katharina ließ sich zurück ins Moos sinken. Ja, es war wirklich viel passiert, während sie bewusstlos gewesen war.

„Aber jetzt bist du aufgewacht und alle sind superglücklich!", meinte Philip fröhlich. Ja, das stimmte. Aber eine Frage hatte Katharina noch auf der Zunge.

„Wie lange war ich denn bewusstlos?", fragte sie. Philip gluckste bei dieser Frage.

„Na ja, schon ziemlich lange, ich glaube, du hast jetzt sieben Tage oder so im Koma gelegen", meinte er und gluckste noch einmal belustigt auf. Amüsiert ringelte er seinen Schwanz und ließ ihn dann wieder auf den Boden plumpsen.

„Was? So lange?", fragte Katharina verwundert und setzte sich nachdenklich auf.

„Jep!", meinte Philip und war anscheinend sehr belustigt über ihre Reaktion.

„Katharina?", fragte Luci auf einmal. Verwirrt drehte sich Katharina zu ihr um.

„Ja?", fragte sie, gespannt auf die Frage, die Luci ihr jetzt stellen würde.

„Erzählst du jetzt auch noch, wie du die vier Drachen besiegt hast?", lautete die Bitte.

„Aber natürlich doch!", meinte Katharina und fing an, den beiden alles bis ins kleinste Detail zu schildern. Luci und Philip hingen ihr an den Lippen. Sie unterbrachen sie nicht und Luci schrie sogar entsetzt auf, als sie an der Stelle ankamen, wo Katharina aufwachte, von dem Drachen hin und her geschleudert wurde und nichts mehr wusste. Als Katharina fertig war, mussten die anderen beiden auch schon gehen, denn nun waren sie schon zwei Stunden bei Katharina gewesen und sie sollte sich ausruhen.

Nach mehreren Tagen und reichlich Besuchen von Luci und Philip durfte Katharina endlich den Krankensaal verlassen, aber unter der Bedingung, nichts Anstrengendes zu machen. Außerdem sollten ihre Freunde auf sie aufpassen. Wie sich herausstellte, hatte sich die Geschichte von ihrem Abenteuer schnell herumgesprochen. Überall, wo sie herging, richteten sich alle Blicke auf sie und ein Raunen ging durch die Runde. Sie wurde überall verehrt und Kleinkinder wollten sogar Autogramme von ihr haben, welche aus Krallenspuren an Ästen bestanden. Marvin behandelte Philip und Luci jetzt wie Katharina, respektvoll und wie Gleichaltrige oder noch Ältere. Dann bekam Katharina während des Abendessens auch noch einen speziellen Orden des Mutes, Luci einen der Schlauheit und Philip einen der Tapferkeit. Philip wurde jetzt nicht mehr so ausgestoßen und auch Luci hatte mehr Freunde. Sie feierten mit ihren neuen Freunden durch die Nächte. Eine große Feier fand auch einmal nach dem Abendessen statt, wo die drei Freunde natürlich Ehrengäste waren. Sie hatten einen Riesenspaß. Nur Mrs. Sunschein fehlte allen sehr. Jeden Nachmittag um halb vier kamen alle, die wollten, zum Schlafplatz und dann gab es eine Schweigeminute für Mrs. Sunschein und für alle anderen Gestorbenen. Philip, Luci und Katharina kamen jeden Tag her und dachten traurig an ihre verstorbene Lehrerin. Den Unterricht leitete jetzt irgendein alter Professor. Er war zwar auch nett, aber Mrs. Sunschein fehlte ihnen trotzdem hinter dem Lehrerpult. Trotz der Trauer über Mrs. Sunschein waren alle glücklich und schließlich war es ja doch ein gutes Ende, denn die Hexe würde nicht mehr so schnell wiederkommen. Spätabends fielen die drei erschöpft, aber auch glücklich über das gute Ende, nebeneinander ins Bett. Alle ihre Freunde und Verehrer spürten sie dann immer auf und legten sich in

ihre Nähe. Selbst Henri und die anderen zeigten jetzt ein bisschen mehr Respekt als früher und sie ließen auch die dummen
Sprüche sein, denn sie mussten zugeben, dass die drei es wirklich ganz allein geschafft hatten, die Hexe zu besiegen. Nach
ein paar Wochen war dann der ganze Trubel vorbei, die jün-
geren Tiger hatten die Lust daran verloren, den ganzen Tag
hinter Katharina herzuwatscheln und ein Autogramm von ihr
zu fordern. Und sie wurden auch sonst von niemandem mehr
verfolgt. Auch wenn ihr Freundeskreis ein wenig geschrumpft
war, hatten sie noch viele Freunde. Die Orden lagen versteckt
und auch schon fast vergessen irgendwo auf dem Schlafplatz.
An Mrs. Sunschein dachten sie auch noch jeden Tag und ver-
missten sie schrecklich. Aber wenn sie an anderen vorbeigin-
gen, tuschelte keiner mehr aufgeregt und zeigte auf sie. Darüber waren sie sehr erleichtert, denn es war ihnen
unangenehm, wenn alle auf sie deuteten. Sie waren bald ganz
normale Teenager, wie alle anderen. Sie waren jetzt alle drei
zusammen als Jäger eingestellt und waren ein sehr gutes
Team. Fast das beste von allen. Jedes Mal, wenn sie auf Jagd
gingen, brachten sie mindestens eine Beute wieder mit nach
Hause. Alle freuten sich, wenn sie verkündeten, dass sie heute
jagen gehen würden, das brachte nämlich immer viel und le-
ckeres Fleisch aufs Lager. Es mangelte jetzt nie an Fleisch. Sie
hatten großen Spaß zusammen als Jäger und natürlich auch so.
Sie waren zwar immer noch als die drei engsten Freunde und
als Helden bekannt, aber niemand kümmerte sich noch groß-
artig darum. Professor Donner liebte die drei Freunde und immer, wenn er gerade nichts vorhatte, unternahm er irgendetwas mit ihnen oder schaute ihnen einfach beim Spielen oder
Jagen zu. Sie hatten großen Spaß mit ihm. Eines Abends, schon
Wochen nach dem großen Abenteuer, welches sie gemeinsam
erlebt hatten, schmissen sich Katharina, Luci und Philip

erschöpft auf ihre Lager. Sie grinsten wie drei Honigkuchenpferde, denn sie waren überglücklich.

„Gute Nacht!", sagten sie im Chor und drehten sich voneinander weg. Luci schlief sofort ein, aber Katharina konnte noch nicht schlafen. Nachdenklich drehte sie sich zu Philip um.

„Philip?"

„Mm?"

„Es ist so schön hier. Ich bin froh, dass ich zu euch gekommen bin", sagte sie, doch Philip war schon eingeschlafen.

DANKSAGUNG

Mein Dank gilt meiner Grundschullehrerin, der ich dieses Buch gewidmet habe, weil sie mir immer gesagt hat, dass ich einmal Autorin werde. Natürlich danke ich auch meinen Eltern, die wunderbare Lektoren abgegeben haben. Ich muss auch meiner großartigen Schwester danken, die nicht nur für mein Buch gezeichnet hat, sondern auch geholfen hat, am Anfang das Buch vor meinen Eltern zu verheimlichen. Außerdem hat sie sämtliche Pflichten für mich übernommen, um mir längeres Schreiben zu ermöglichen.